著

三星堆

三星堆
SANXINGDUI

神话诞生之地
SHENHUA DANSHENG ZHIDI

 成都时代出版社
CHENGDU TIMES PRESS

目 录
Catalogue

目录

下编 天府之国

尾声

序章
Preface

神话的成都，传说的成都，历史的成都

蜀人，一个伟大的族群，最开始住在"岷山石室中"，死了也不改其大石崇拜，葬以石棺石椁，后来移居水系纵横的成都平原，建立了以三星堆、金沙为代表的辉煌的都会及其历史文明，葬具里则有了船棺。实在是太过辉煌了，不像是真的，于是，"从开明已上至蚕丛，积三万四千岁""望帝春心托杜鹃"等等一系列神话传说得以附丽、滋长。蜀民注重蚕事，宋代学者因此说成都是"古蚕丛氏之国"；蜀地神话异彩纷呈，我们也可以说成都是神话诞生之地。

是先有历史的成都，才有传说的成都和神话的成都吗？或许，成都的历史一直都和神话传说共生共荣着……

距今约三千二百年之前，成都的中心地面上已有金沙遗址这样大型的人类栖居之所，且远远早于《华阳国志》记载的开明九世徙治的成都城、秦吞并蜀之后新建的张仪城（"张仪筑子城"只是传说，并非确凿的历史），只是尚不能确定它的名字叫不叫"成都"，也不知它为蚕

序章

丛及杜宇之中的哪一位蜀王所统治。

"蚕丛及鱼凫，开国何茫然。尔来四万八千岁，不与秦塞通人烟。"一枚良渚式玉琮穿越千年的历史长河，跨过万重的连峰接岫，出现在了金沙遗址之内；蜀国不与外界交通交流，如果不是诗人的想当然，那就和四万八千岁或三万四千岁的国祚一样，也是夸张的传说。

上古奇书《山海经》云："西南黑水之间，有广都之野，后稷葬焉。其城方三百里，盖天地之中也。"据成都的状元杨慎说，这个广都便是成都。那么，广都之野即为成都平原无疑了。这座三百里大的城会不会就是金沙的全貌呢？

假使这广都真是成都，那么《山海经》接下来的这几句韵文恐怕就要算最早抒写赞美成都的诗篇了——

> 百穀自生，
> 冬夏播琴。
> 鸾鸟自歌，
> 凤鸟自儛。
> 灵寿实华，
> 草木所聚。
> 爰有百兽，
> 相群爰处。
> 此草也，
> 冬夏不死。

"冬夏不死"貌似神话，实即四季常青之意。后来杜甫初到成都府，看见的仍是"季冬树木苍"的景象。

两千三百三十七年之前，秦军经石牛道（围绕这条蜀道的开拓有一个石牛屙金屎的传说）长驱直入葭萌关，

三星堆

神话诞生之地

然后追杀开明十二世并致其死亡。创始于岷山蚕丛氏的古蜀自此灭国。

两千三百三十五年之前，秦惠王移秦民万家到成都生活。蜀与秦、楚等地互通人烟、互通器物，比以往更加频繁。

两千三百三十二年之前，第一任蜀郡太守张若开始仿照秦都咸阳的形制修建全新的成都城。

两千二百七十一年之前①，李冰在成都继任蜀守一职，其府邸大概就位于今天府广场一带。2012 年，一尊圆雕石犀出土于广场，雄辩地证明李冰"作石犀五头以厌水精"的故事是历史，而非传说。

两千二百七十一年之前，一座蜀语称之为"堋"和"离碓"的水利枢纽工程开始动工。这就是天府之源——都江堰——的雏形。堰所在之地，传说"上古为鱼凫氏之国"。

两千二百五十九年之前，"成都"首次作为地名出现在武器之上，准确地说，是一把吕不韦监造的铜戈。（今后再发现比这更早的带"成都"字样的文物，也不是全无可能。）说明在此之前，作为地名的成都就已为大众所周知。

这个时候，成都已蝶变为水旱从人的"天府"，成都平原也比早先的广都之野更加配得上"陆海"这个美誉了。

两千一百六十多年之前，蜀守文党在成都创立文学

序章

① 本文作于 2021 年，上推至"两千二百七十一年之前"，即公元前 250 年。此年代出自《华阳国志·蜀志》"秦孝文王以李冰为蜀守"一句，详参本书《"蜀守冰"之前的"蜀守斯离"被考古发现》一篇。

讲堂，史称"文翁石室"，这是中国第一所地方官办学校。成都的文雅之风由此发轫。

一千八百七十七年之前，蜀守裴君的德政碑立于成都学宫之中，其上刻写着"列备五都"等字样，可与《汉书》所载"洛阳、邯郸、临淄、宛、成都"这五座一线城市对照，从而确定成都在当时的历史地位和繁荣程度。

一千八百五十三年之前，东汉官方仿照李冰所作三石人为李冰等三人造像，称之为"三神石人"，然后将他们立于"北江珊"之畔，希望可以"镇水万世"，就跟李冰所作五石犀的用意一样。

与此同时，泰山郡太守应劭在其专著《风俗通》里绘声绘色地记载了李冰化身为牛勇斗江神的神话。

历史，夸大一些，就成了传说，将传说再夸大，就诞生了神话。李冰作石雕犀牛镇压江水就是历史，他自己变成牛杀死江神就是神话。石犀对应着牛形的李冰，江水乃是江神的原型。这类历史演变为神话，正是经过了夸大夸张而变形变性的。

不变的是成都的神奇、遥远和美好。金沙遗址出土文物代表了成都的神奇，《蜀道难》吟咏了成都的遥远，"广都之野"承载了成都的美好。或许正因为成都太过神奇、遥远和美好，才会滋生出相应的神话与传说吧。久而久之，这些神话传说也渐渐融入成都悠久的历史之中，难以剥离，难以割舍。

既丽且崇

——也说"成都"之意

作为地名，"成都"究竟是什么意思呢？

除了今人的新说①外，当数宋人的解释最为主流——

《四部丛刊》中华学艺社借照日本帝室图书寮京都东福寺东京静嘉堂文库藏宋刊本《太平御览》卷第一百六十六："《史记》曰：周太王逾梁山之歧山，一年成邑，二年成都。故有成都之名。"（按，此与《史记》原文"一年而所居成聚，二年成邑，三年成都"有别，而更接近《册府元龟》卷四百七：太王"踰梁山止于岐山之阳，邑于周地，邻人从者如归市，一年成邑，二年成都"。）

《太平寰宇记》卷七十二："以周太王从梁山止岐下，一年成邑，二年成都，因名之成都。"（按，此盖用《帝王世纪》之文。《蜀中广记》卷五十一："《帝王世纪》云：周太王从梁山止于岐下，一年成邑，二年成都。"）

① 详见温少峰《试为"成都"得名进一解》、任乃强《赞同〈试为"成都"得名进一解〉》及《成都城坊古迹考》"建置篇"第二章。

序
章

《御批资治通鉴纲目》卷八下："成都，古蜀国，秦置蜀郡，汉置益州，晋改成都国，唐改成都府，盖取《史记》'三年成都'之义。"

《方舆胜览》卷五十一："成都：盖取《史记》所谓'三年成都'之义。"

以上"成都"与《管子》《尸子》《庄子》《慎子》《吕氏春秋》等战国文献中的"二徙成都""再徙成都""三徙成都"之"成都"一样，皆系成为都市之意。或云"成邑""成都"谓追随者多，多得如同邑，多得如同都。不待辨而后喻，观上引《册府元龟》，即可知其非。

其实，"成都"的含义早就埋伏在晋人左思的《蜀都赋》里："既丽且崇，实号成都。""崇"对"成"而言，成者，盛大也（褚遂良《请废在官诸司捉钱令史表》："成海取乎细流，崇山由乎积壤"）；"丽"对"都"而言，都者，美盛也（《诗经·郑风·有女同车》："洵美且都"；《楚辞·九章·悲回风》："惟佳人之永都兮"）。"成都"（二字皆有"盛"意、"大"意，详见《释名》《春秋左氏经传集解》《小尔雅》《广雅》。于此而言，"成都"又为同义复合词），言其城盛大美都，杜甫《成都府》谓之"曾城填华屋""信美无与适"是也。

换言之，似可如此定义：若对"新都""广都"等蜀都而言，古蜀的末代都城"成都"即盛都；秦城"成都"，周回十二里，高七丈，与咸阳同制，则为崇丽之城、大美之城。后世虽沿用"成都"一名不替，除少数人（如左思）外，日用而不知其意者却比比皆是！

上编

蚕丛之国

The land of silkworm clusters

成都，古蚕丛氏之国

"神话即夸大了的史实。"现代人类学的奠基巨著《金枝》如是说。其实，"变形"比"夸大"更准确。传说亦然，也是变了形的史实。神话，传说，历史，很多时候，互为因果，我中有你，你中有我。

通过整理、阐释相关的神话与传说，似乎可以从一个独特的视角，来巡礼成都城史市井气之外比较奇诡瑰丽的一面。

"夫蜀都者，盖兆基于上世。"上世，指的是古蜀。悠久成都史，一般均从古蜀国开始讲起，古蜀又得从蚕丛讲起。缘由很简单，古蜀和成都"田地宜蚕"，蚕丛又是古蜀的开国之王。也因此，"蜀"（不仅仅是古蜀）和"成都府"皆荣膺了"古蚕丛之国"的美誉。

蚕丛的生平事迹，则一直徘徊在神话、传说与历史之间，令后世探寻领味不尽。

上
编

蚕
丛
之
国

谁是蚕丛

"蚕丛及鱼凫，开国何茫然。尔来四万八千岁，不与秦塞通人烟。"这是诗人在讲古蜀史。

"蜀王之先，名蚕丛、柏濩、鱼凫、蒲泽、开明。是时，人萌椎髻左衽，不晓文字，未有礼乐。从开明上到蚕丛，积三万四千岁。"这是辞赋家在讲古蜀史。

国祚再深眇绵长，也不会真正长到所谓"于万斯年"。无论是"三万四千岁"，还是"四万八千岁"，显然皆不靠谱，只能视为神话。历史的真实是，蚕丛离我们实在太过遥远了！

为了使其变得合理，古人又有蚕丛、柏濩、鱼凫"三代各数百岁"的说法。这样一来，就跟真实朝代的统治时期比较接近了。

蚕丛究竟是谁？是什么时代的人？抑或是神？形象如何？住在哪里？结局怎样？倘若肯花费一番爬梳剔抉的工夫，倒是尚能从历代文献中勾勒出一个大概。

《华阳国志》记载："周失纲纪，蜀先称王。有蜀侯蚕丛，其目纵，始称王。死，作石棺石椁。国人从之，故俗以石棺椁为纵目人冢也。"

东迁之后的周王室，威望低落，纲纪废弛，政治地位每况愈下，诸侯们开始各自为王，这其中就包括蜀侯蚕丛。天高皇帝远，蜀侯率先称王，也不是不可能。

蚕丛的眼睛是竖着的，具体的样子似可参看成都博物馆那个三星堆"铜人头像"：刀状长眉，杏形立眼，眼睑下垂。刘琳《华阳国志校注》引民国《邛崃县志》则云："蜀中古庙多有蓝面神象，面上魂礧如蚕，金色，头上额中有纵目，当即沿蚕丛之象。"认为蚕丛的纵目是第三只眼睛，如二郎神一般，长在额间。

如果县志的描述真是蚕丛的尊容，那就有点吓人了。皮肤是蓝色的，脸上有高低不平的一块，像一条金色的蚕，额头上还多出一只竖着的眼睛。简直太奇葩了！转念一想，这只能是神的面相。

"蚕丛始居岷山石室中。"他最初居住在岷山上的石房子之中，一说即今阿坝州常见的那种羌族碉楼。茂县有蚕陵山，导江县（今都江堰市）有蚕崖（一作"蚕岩关"），相传均与蚕丛有关。

后来，蚕丛"王瞿上"，定都于新津与双流交界之牧马山蚕丛祠九倒拐一带的瞿上城。二十世纪五十年代，此处开凿牧山灌渠，曾发现大量文化堆积层。

蚕丛死后被殓葬于石质棺椁之内，普通蜀民操办白事也效法着修造石棺、石椁，后世便称拥有石棺椁的墓是"纵目人的坟冢"。发掘于1992年的茂县牟托沟一号墓，是近年来川西北岷江上游发现的规格等级较高的墓葬，也是四川东周时期重要的考古发现之一。该墓葬具即为石棺，以大石板码砌于墓坑内而成。墓中出土的铜罍及青铜兵器等均带有典型的蜀文化色彩，兴许就是蚕丛一代的遗物，亦未可知。

神话的说法则是，蚕丛"神化不死，其民亦颇随王化去"，国王与国民都变成了神仙，像极了《西游记》里一笔勾销了生死簿的猴王和"猴属之类"，皆不服幽冥界管辖了。

蚕丛教民养蚕

先来说说蚕丛之名的取义。蚕丛，又写作"蚕藂"。蚕，众所周知，不用解释。"丛，聚也。"

"蜀蚕丛氏王蜀，教人蚕桑，作金蚕数千。"驯养、聚集了数千条蚕，这不就是"蚕丛"吗？

蚕丛"尝服青衣巡行郊野，教民蚕事。乡人感其德，因为立祠祀之，祠庙遍于西土，罔不灵验"。蚕丛经常穿着青色衣服到民间去教大家养蚕，人们感恩戴德，将其尊为"青衣神"，并修建祠庙祭祀他。一时之间，祠庙遍布。例如，"成都圣寿寺有青衣神祠，神即蚕丛氏也。"蚕丛也不辜负苍生，对人民的祈祷全部有求必应。

"俗概呼之曰青衣神，青神县亦以此得名。"西魏置青衣县于此，有青神祠，青神即青衣神。后周因名青神县，1958 年并入眉山县为青神区，1962 年复置青神县，1997 年划归眉山地区管辖，现隶属于眉山市。

"每岁首，出之以给民家，每给一，所养之蚕必繁孳。罢，即归于王。"每年年初，蚕丛都会拿出金头蚕，每户送一条，这样人家户养的蚕必将大量繁殖。最后，人民又将这些蚕种献给蚕丛。

"后，聚而弗给，瘗之江上，为蚕墓。"后来，金蚕不再提供给民众，越聚越多，结果只得把它们埋在江边，筑成一座蚕墓。

"王巡境内，所止之处蚕成市。蜀人因其遗事，每年春有蚕市也。"蚕丛巡视所到之处，很快就形成了蚕市，后来逐渐规范化，固定在每年春季开市。

成都蚕市最风流

提到蜀中蚕市，最繁盛、最出名的莫过于成都之蚕市。

成都蚕市之多，简直出乎今人的想象："每年正月至三月，州城及属县循环一十五处。"

北宋知成都府田况《成都遨乐诗》共二十一首，其中有关蚕市的竟有四首：《五日州南门蚕市》《二十三日圣寿寺前蚕市》，这两次是在正月举行的；《八日大慈寺前蚕市》，是在二月；《九日大慈寺前蚕市》，是在三月。

正月五日蚕市，"南门"之外，又有"五门"之说，见旧题元代双流人费著《岁华纪丽谱》。

二月八日之外，十五日似乎也有蚕市，祝穆《方舆胜览》云："成都，古蚕丛之国，其民重蚕事，故一岁之中，二月望日鬻花木、蚕器于某所者，号蚕市。"除了交易花木、蚕器，还有百货种种。用宋诗来表达，就是："齐民聚百货，贸鬻贵及时。乘此耕桑前，以助农绩资。物品何其夥，碎琐皆不遗。"

三月九日大慈寺前蚕市之外，三日龙桥似乎也有蚕市，叶廷珪《海录碎事》引《成都记》云："三月三日，远近祈福于龙桥，命曰蚕市"；二十七日睿圣夫人庙前似乎也有蚕市，《岁华纪丽谱》云：三月"二十七日，大西门睿圣夫人庙前蚕市，初在小市桥前，田公以祷雨而应，移于庙前。"睿圣夫人庙即高骈筑城所迁之龙女祠，小市桥即小西门雁桥。田公即田况，他在成都知府任上特别重视教育事业，受到了蜀人的爱戴。田况曾到睿圣夫人庙里为民祈雨，祈雨成功之后，他便把原在小市桥前举办的蚕市移到了睿圣夫人庙前。

三月的蚕市应该是最闹热的:"至时,货易毕集,阛阓填委,蜀人称其繁盛。"这种全民参与、填街溢巷的盛大场面被苏轼的挚友仲殊看在了眼里,写进了词里:"成都好,蚕市趁遨游。夜放笙歌喧紫陌,春邀灯火上红楼。车马溢瀛洲。人散后,茧馆喜绸缪。柳叶已饶烟黛细,桑条何似玉纤柔。立马看风流。"只可惜,这些风流早已云散,不堪回首矣。

三星堆与蜀人"永远的神"

一个盆盛着一片海
日月似阴阳鱼
环游在它的体外
从流质到固态
沧桑交换　平陂往复
我却未来

海枯石烂　莺飞草长
我便生出想象的翅膀
把桫椤的年轮一圈圈荡开
遂有复兴后的四川遥遥呼应着三星堆的蜀

——题记

"蜀"字很早就出现在殷墟甲骨文里，如"蜀其受年""征蜀""于蜀""至蜀""至蜀有事""蜀御""蜀射""在蜀""示蜀"等等，但极可能都是指山东之"蜀"："蜀，鲁地，泰山博县西北有蜀亭"（《左传》杜预注）。直到《尚书》《战国策》《史记》等文献并称"巴蜀""苴蜀""庸蜀"，才能真正确定其为四川之"蜀"。20世纪至21世纪出土的一些战国文物之上也有"蜀守……成都"等词，亦指四川无疑。诸如此类目前已知的资料表明，四川被称为"蜀"，最迟不会晚于战国。

其实，远在战国之前的商代，蜀就以一个古国的形态屹立于四川盆地之中了。从西汉扬雄的《蜀王本纪》到东晋常璩的《华阳国志》，从唐代李白的《蜀道难》再到宋人罗泌的《路史》，或详或略，皆涉及这个神秘国度的历史。不过遗憾的是，很长一段时间，很多读者都认为这些描述荒诞不经，属于神话传说之类。比如四者均提到的"蚕丛"，他是第一代蜀王，常璩特别强调了他的眼睛："其目纵"；罗泌亦云："蚕丛纵目，王瞿上"。后世又在此基础上将蚕丛塑造为蓝脸之神："蜀中古庙多有蓝面神像，面上魁磊如蚕，金色，头上额中有纵目。"皮肤是蓝色的，脸上有高低不平的一块，像一条金色的蚕，额头上还多出一只竖着的眼睛。如果这真是蚕丛的尊容，那就有点吓人了。

蚕丛究竟是神还是人呢？

直到1986年，在三星堆遗址二号祭祀坑中出土了三件青铜面具，人们才恍然大悟，原来史上真有"纵目"。这三件面具大小有别，但造型基本相同，均为：方颐，倒八字形刀眉，眼球呈圆筒状向前伸出，将眼肌伸拉出箍在眼球上。多数学者认为，这种纵目面具就是蚕丛的形象。准确地说，即蚕丛被神化后的样子。蚕丛的国号为"蜀"，定都的地方叫"瞿上"（《路史》原注："瞿上城在今双流县南十八里，县北有瞿上乡。"双流今为成都的一个区）。值得注意的是，瞿字上面是两个"目"，蜀字上面也有一个"目"，都跟眼睛有关。《埤雅》曰："雀俛而啄，仰而四顾，所谓瞿也。"三星堆纵目面具定格的正是双目突出、仰而四顾的一个瞬间状态，只不过这举目瞿视的不是雀鸟，而是蚕丛。蚕丛原是古蜀开国之人君，后被尊为历代蜀人之祖神，三星堆纵目面具即其象征，而《儒林外史》《民国新修合川县志》等书遂以"蚕丛之境"代称蜀地。

其实，关于蚕丛的文物自古即有发现。杜光庭《石笋记》载，诸葛亮曾在成都的石笋街挖到过一块"蚕丛氏启国誓蜀之碑"。《路史》则追述了484年成都的又一次大发现："永明二年，萧鉴刺益，治园江南，凿石冢，有椁无棺，得铜器数千种、玉尘三斗、金蚕虵数万，朱砂为阜，水银为池，珍玩多所不识，有篆云：'蚕丛氏之墓'。"宣统《成都通览·成都之古迹》甚至指出了"古蚕丛氏墓"的具体地望："墓在今之圣寿寺侧、金花桥东。"等到广汉三星堆文明的延续成都金沙遗址（与三星堆一样，也出土了不少金器）重见天日，这些古代无意的发现越发显得不可轻视。

那为啥叫"蚕丛"呢？蚕，众所周知，不用解释。丛，聚也。相传，"蚕丛氏自立王蜀，教人蚕桑，作金蚕数千头。"驯养、聚集了数千条金色之蚕，这不就是"蚕丛"吗？蚕丛"尝服青衣巡行郊野，教民蚕事。乡人感其德，因为立祠祀之，祠庙遍于西土，罔不灵验。"蚕丛经常穿着青色衣服到民间去教大家养蚕，人们感恩戴德，将其尊为青衣神，并修建祠庙祭祀他。一时之间，祠庙遍布。例如，"成都圣寿寺有青衣神祠，神即蚕丛氏也。"

在2021年3月20日"考古中国"重大项目进展工作会上，公布了一条重要信息：在三星堆遗址最新发掘的祭祀坑内发现了祭祀用的丝绸。

"如今，工作人员在三星堆3至8号祭祀坑中发现大量丝绸残留物，这些样本来自青铜器表面及坑内的灰烬。同时，他们走进三星堆文物库房，对1、2号坑出土的青铜器进行排查，在青铜眼泡等13类器型、40多件器物上发现大量丝绸残留"（2022年4月13日《华西都市报》)。

丝绸自然来源于蚕，这应该会再次让睽睽众目聚焦到蚕丛身上。

"神话即夸大了的史实。"现代人类学的奠基巨著《金枝》如是说。三星堆跨越两个世纪的考古发现，再次证明了此言不虚。

纵目人，向日而生

如果你从未高高挂起
像事不关己的心
像编钟循序的谱
如果你没有纵目
像传说中蜀人的样子
像天文台望星的透镜
那你曾掩盖的颜面原本戴着桃色的青春
还是如襞襀褶绉的脸如鸡皮鹅蹼
遑论这些　只问你它们是否被时间领走
如果你属于舶来品
你就该知道此神有半边鸟翼　半边蝠翼
在希腊叫克罗诺斯
在罗马叫萨图尔努斯或雅努斯
在波斯叫密特拉斯　是个握钥匙的怪兽
如果你确系祖先特产
你便应维护并铭记他们的版权
可你都不　你兴许早想破土而出
然后　去驰骋我们的假设与考证

像驾驭野马

像驯化泼猴

以闯破我们木乃伊般的历史框架

直到真相这张寓物谜全经挖掘且修复

我们的双眼伸得比你的更长

旁观大惊　你好拍痛失踪的巨掌

再讲　认识自己那句老话必成为现代的希望

凭借它的光亮

你们将发现温和　敏感的头

也丢掉沧桑　冷漠的手

——题记

　　四川，是一个"奥区"，是一个"天府"，是一个诗意的栖居地，怪伟奇绝，不可方物。就连"四川"这两个字也充满了诗情和画意，常常让人望文生义，而不觉其非。比如，英国的科学史家李约瑟就曾这样描述："四川意即四条河流，正象印度西北部的旁遮普，其意为五川汇流之地一样。这四条河流，从东到西是嘉陵江（四川最大的河流，它的上游诸水是通往北方的河道）、涪江、沱江和岷江。四川形成另一个四面皆山的自然区域，由于它的地理位置和丰富的资源，它在中国历史上曾一再成为独立王国。"

　　蜀，准确地说，古蜀国正是这些独立王国的第一个。在"蜀"字众多的义项之中，恰巧有"一"和"独"的意思，真是有趣得很！成都百科全书式的文豪、学问家扬雄认为："'蜀'犹'独'也，不与外方同也。"当二十世纪八十年代四川广汉三星堆两个古蜀祭祀坑中众多奇绝怪伟的器物破土而出之时，人们才真正理解了"不与外方同"的含义，并为之惊讶、震撼不已。

蜀犬吠日

把"四川"理解为"四大川"，并非从李约瑟才开始。杨慎《丹铅总录》、章潢《图书编》、徐应秋《玉芝堂谈荟》、陆应阳《广舆记》等明代著述早已异口同声地宣称："四川者，取岷江、沱江、黑水、白水四大川以为名也。"这虽然未必符合事实，但不妨成为一种诗意的诠释，让未入其境的人由此多了一些四川多水的想象和憧憬。

实际上，四川的确多水。远的不说，元朝时期，生于威尼斯的旅行家马可·波罗对成都仍有这样的印象："见到了一座水城，见到几丝与故乡相似的景象"。明代，从浙江远道而来的人文地理学家王士性看到的成都平原仍是："江流清冽可爱，人家桥梁扉户俱在水上，而松阴竹影又抱绕于涟漪之间，晴雨景色无不可人。"及至今日，四川仍被称为"千河之省"。

四川不仅多水，而且多山，恰如李约瑟所说——四面皆山。若借用王士性的话来表达，即是："层峦叠嶂，环以四周，沃野千里，蹲其中服，岷江为经，众水纬之，咸从三峡一线而出，亦自然一省会也。"大致说来，四川四面环山，沃野千里的成都平原被它们温柔围绕，岷江等诸多河流纵贯其间，不舍昼夜地奔腾，最后全部通过三峡，一泻而出。这是四川一省西高东低的自然地势所决定的。

作为"山水之奥区"，四川的植被自然非常茂密，古代尤其为盛，参天蔽日的绿色景象触目即是。在四川历史上的第一个独立王国——古蜀——的统治时期，犀牛、大象乃是这些植被之间当仁不让的主角。"犀象竞驰"，

而又和平共处，是当时最壮观的日常，透着无拘无束的洪荒之美。

水多，林密，直接导致了蜀地"恒雨少日，日出则犬吠"的独特现象。雨下久了，难免洪水泛滥。傍水而居的古人苦于洪水的侵扰，觉得是水神在作祟。他们见大象会戏水而不怕水，便想当然地认为象牙有神秘的御水力量。他们先将姑榆（一种乔木）木棒中间打孔，再以象牙贯穿之，然后将二者绑好成十字形，沉入水中，以镇杀兴风作浪造成洪水的精怪。水怪一死，"深谷为陵"；换《圣经》的话说，就是"洪水消退"，"山顶都现出来了"。这种沉象牙杀水神的做法最早见载于《周礼》，以情理推之，或被古蜀人所采用，也不是完全没可能。

沉象牙以杀水神，李冰沉石犀以御水怪，在巫觋（古代方术家）眼中，二者是同样的用意，有同样的功效，皆为杜甫所谓"厌胜法"。"厌胜"意即压而胜之，系用法术诅咒或祈祷以达到镇压制胜所厌恶的人、物或魔怪的目的。我们现在过年贴春联，端午节挂艾蒿，原本也都是厌胜之巫术。

然而，再有效的厌胜巫术（其实只是精神胜利法）也敌不过太阳的威力。千年以降，四川现代民歌《太阳出来喜洋洋》同样能够表达"椎髻左衽"的古蜀先民的欢快心情，尤其是在洪水消退之后，雨霁日出，万物复苏，一切又重新有了盼头。

"蜀，祠器也"

盼太阳，盼着盼着，竟然盼成了古蜀人的全民信仰。西方宗教学的创始人弗雷德里赫·麦克斯·缪勒提出：人类所塑造出的最早的神是太阳神，最早的崇拜形式是太阳崇拜。对古蜀人来说，同样如此。

三星堆遗址出土过一种神似汽车方向盘的商代青铜器，因其与同坑出土的铜神殿屋盖上的"太阳芒纹"的形式相似，又和四川珙县僰人悬棺墓壁画及中国南方地区出土铜鼓上的太阳纹饰颇为相像，因此被命名为"商铜太阳形器"或"青铜太阳轮"等。从三星堆出土的太阳轮残件内，能识别出六件个体，直径均在七八十厘米左右；阳部中心和晕圈上残留着彩绘的痕迹，且均有穿孔，估计是常设于神庙里或神坛上的重量级"祠器"，代表或象征着现实天宇中的太阳，以接受古蜀人的祭祀与崇拜。

德国学者汉斯·比德曼《世界文化象征辞典》说："太阳的图形标志有两种：一种是至今延用的被光芒围绕的圆；另一种是更早的'太阳轮'：一个被两条交叉成直角的线段平分为四部分的圆形。"三星堆太阳轮显然是这两者之外的另一种别致的存在，非常耐人寻味。中间似轮毂并向上突出的圆泡（阳部），既像太阳，又像眸子（跟三星堆众多的铜眼形器、铜眼泡构型接近），通过五道放射状直条与外径（晕圈）紧紧相连，正如日光发散成日晕，亦似目光烂烂四射。

在祭祀之时，这种轮形器如果不是悬挂或安装在神庙里或神坛上，那么就有可能是由站在高处的神职人员（巫觋，同时也可以是政治领袖）来抱持的，正如《管子》所说："上无事则民自试，抱蜀不言而庙堂既修。"君上无为而天下自治（和谐安定），抱着祠器不发号施令而朝堂自治（政治修明）。这个"蜀"就是"祠器"（蜀字的又一个义项）、祭器，是可以凝聚全民精神信仰的。

三星堆青铜太阳轮，让人想起至今尚流传于川西坝子（即成都平原）上的《两兄妹守日月》神话。该神话说：太阳和月亮是天老爷的两件宝贝，被他长期珍藏在一个柜子里面。天老爷有一儿一女，十分淘气，有事没事就爱翻箱倒柜。一天，他俩终于翻出了太阳和月亮，觉得圆滚滚、光灿灿的，非常好看，就偷偷拿到屋外去玩。哪知他们在天上耍得尽兴，却把地上照得通亮，而且生发出了花草树木、庄稼牲畜和人。后来，两兄妹玩腻了，又把太阳、月亮拿回家去，地上便大乱了，一片漆黑，万物失去了生气，众人无法活下去，便烧香磕头，祈求老天爷把太阳、月亮借出来使用。天老爷这才知道是儿女们惹出来的祸，然而委实舍不得拿出自己的宝贝来。于是，太上老君发话了，说："既然这两件宝贝对地上有用，就拿出来用一下吧。不然，把地上的人逼急了，不再敬神，会断了天上的香火的。"天老爷这才依依不舍地交出太阳和月亮，但还是害怕丢失，便交代两个儿女日夜轮流把守。

青铜太阳轮，在三星堆人的眼里，就是太阳，当然也是宝贝。陵迁谷变，石烂松枯，斗转星移，三星堆蜀人渐渐消失在了历史风尘之中，却将他们曾经珍视的青铜太阳轮深深埋入地下，传给了后世的人们，永远展览，太阳在，太阳轮就在。这跟神话中的老天爷何其相似，依依不舍，却又不得不舍。

"蜀"之"纵目"

盼太阳，盼着盼着，把蜀人的眼睛盼成了"纵目"。所谓望眼欲穿，大概也不过如此吧。

成都伟大的史学家常璩在其代表作《华阳国志·蜀志》中这样记载："周失纲纪，蜀先称王。有蜀侯蚕丛，其目纵，始称王。死，作石棺石椁，国人从之，故俗以石棺椁为纵目人冢也。"没眼福看见三星堆文物横空出世的常璩显然严重低估了古蜀开国的年代。作为常璩的老乡兼前辈，扬雄却说："从开明已上至蚕丛，积三万四千岁。"盛赞"九天开出一成都"的诗仙李白讲得更夸张："蚕丛及鱼凫，开国何茫然！尔来四万八千岁，不与秦塞通人烟。"国祚再深眇绵长，也不会真正长到三四万年，扬雄、李白显然又高估了古蜀历史的长度（当然，这是文学修辞所容许的）。

最近发掘的三星堆四号坑的碳-14测年数据为公元前1199年至公元前1017年（相当于殷墟三、四期）或在公元前1123年至公元前1045年之间，均远远早于"周失纲纪"的东周时期（前770—前256）。

很长一段时间，人们对"其目纵"或"纵目"的解释都莫衷一是。要么认为是额头正中多长了一只眼睛，像神话小说中的二郎神那样；要么认为是双目竖向生长，不能平视，平视须埋头，像羌族传说中的戈基人那样。由于缺乏图像资料佐证《蜀志》的描述，读者也不知道孰是孰非，甚至开始质疑其真实性。

要说清楚纵目，不得不先提到"蜀"。从甲骨文、金文、石鼓文到汉简、汉帛，蜀字上部的写法皆大同而小异，均为一只眼睛的象形，或横着写作"罒"，或竖着写作"目"，中间那两画最初都是眸子的简笔画。不过在甲骨文中，"蜀"字特别强调、突出了这个"罒"或"目"，而简化、弱化了下部的笔画——只是一个弯钩。这个弯钩，有人说是虫，有人说是龙。殷墟甲骨文中，还有一"目"之下有着二"虫"的字形，怀疑也是"蜀"或"蠋"（二者互为异体字）。有专家认为，三星堆二号坑出土的大型立人像底座上刻铸的图画内就有蜀字。该图案以对称的手法，在双"目"之下刻铸双"虫"，是两个并列对偶的"蜀"字纹样，与甲骨文之"蜀"一致。

那么，这个"蜀"到底是什么意思呢？中国的第一部字典《说文解字》诠释道："蜀，葵中蚕也。从'虫'。

上'目'象蜀头形，中象其身蜎蜎。"葵中蚕，另一个版本写作"桑中虫"。巴蜀史学家邓少琴先生指出，此蜀即《诗经》"蜎蜎者蠋"之蠋，乃是野蚕，"经蚕丛氏之驯养而为家蚕，此为古代蜀人一大发明，故以蚕丛氏称之"。如今看来，这个说法是有文献依据和考古旁证的。

宋人高承《事物纪原》一书引《仙传拾遗》曰："蜀蚕丛氏王蜀，教人蚕桑，作金蚕数千。每岁首，出之以给民家，每给一，所养之蚕必繁孳。罢，即归于王。王巡境内，所止之处蚕成市。蜀人因其遗事，每年春有蚕市也。"大意是讲：蚕丛氏称王，开创了蜀国，并教民众种桑养蚕。每年年初，他都会拿出自己驯养的金头蚕，每户送一条，这样人家户养的蚕必将大量繁殖。最后，人们又将这些蚕种还给蚕丛。渐渐地，蚕丛所到之处蚕越来越多，不得不通过专门的市场进行定期交易。"丛，聚也。"蚕丛氏作金蚕数千，驯养、聚集了数千条蚕，这不就是"蚕丛"吗？

《仙传拾遗》虽然讲的是成都蚕市的由来，但对我们理解蜀字也颇有启发性。我们认为，"蜀"的上部为纵目，下部为蚕，其本义指的即是纵目之蚕丛。蚕丛的面部特征是纵目，主要功绩是教人养蚕，所以被形象地称之为"蜀"。

蚕丛并非周朝所管辖的侯，而是一个独立王国的王。这个王国先于西周就早已独立于世了，且拥有辉煌灿烂的青铜文明。三星堆人是蚕丛的后裔，蚕丛是他们的祖神。那具高65厘米、宽138厘米、重80余公斤的A型青铜人面像（商代晚期作品，又称"青铜纵目面具"）正是蚕丛之头像。其圆柱形眼珠突出眼眶达16.5厘米，直径13.5厘米，是对"纵目"最形象而夸张的表达。其双耳极大，耳尖向斜上方伸出，似桃尖，耳郭内饰有粗犷的卷云纹。这种貌似千里眼、顺风耳的诡异形象，显然是神像，它所象征的蚕丛氏已从人（祖先）升华成了神

（祖神），正如 1974 年出土的那尊李冰石像，也是受万众膜拜的神像，而非对其人单纯的写真。

"瞿"之"纵目"

蚕丛的国号为"蜀"，这个没有争议。其定都的地方，一说在"岷山"，一说在"瞿上"。

瞿上在哪里？最流行的说法是在双流（今为成都的一个区）境内，今人考证后认为三星堆遗址一带才是曾经的蜀都"瞿上城"。

值得注意的是，瞿字上面是两个"目"，比蜀字还多出了一个"目"，显然也跟眼睛紧密相关。宋代最具特色的仿雅（雅即《尔雅》，既是辞书之祖，也是儒家经典）著作《埤雅》云："雀俛而啄，仰而四顾，所谓瞿也。"鸟雀在地上一边俯首啄食食物，一边警觉地抬头四处打量，这个动作就叫"瞿"。三星堆纵目面具定格的正是双目突出、仰而四顾的一个瞬间状态，只不过这举目瞿视的不是雀鸟，而是蚕丛。因此，我们有理由推衍，"瞿上"之"瞿"强调的也是"纵目"，有所不同的在于，"蜀"是一只纵目，"瞿"是一双纵目。二号坑出土了眼形饰 5 件、眼形器 71 件、眼泡 33 件，眼目形符号或纹饰也见于三星堆出土的陶器之上。这些考古实物，似乎亦可旁证瞿上位于三星堆。

蚕丛神像眼珠长达 16.5 厘米，且坚定而向上，真是名副其实的"举目"了。它举目瞿视的又是什么呢？当然是太阳！太阳崇拜和纵目崇拜，长期并存于三星堆社会，而且相辅相成，密不可分，正如二号祭祀坑中既有眼形器，也有太阳形器。

《世界文化象征辞典》指出："在许多文明里，太阳被认为是万能的，常用眼睛来代表它"。又有研究认为，萨满教中的天神同时也是太阳神，太阳神往往被绘制成眼睛状，因为在诸多古代神话中，太阳被称为"天之眼"，如婆罗门教的太阳神，又称"天之眼睛"或"世界的眼睛"。以此类推，三星堆的眼形器或许也是太阳或太阳神的象征，亦未可知。

非洲多贡人有一首礼赞祖先的《面具之歌》，其中有这么两句："面具啊，有着光亮的眼睛。面具的眼睛啊，这是太阳的眼睛。"倘若挪用来作三星堆人颂扬祖神蚕丛的歌词，也毫不违和。太阳和眼睛，有着同样的特征，皆圆而有光，三星堆太阳轮将二者完美地结合了起来，纵目面具的眼睛也遥遥地指向太阳。

《华阳国志》与三星堆

从 1927 年首次发现三星堆文物至今，有关三星堆的考古与研究已走过了将近一个世纪的历程。在这不平凡的九十多年间，尽管有林林总总的惊世发现，但是不少根本性的问题并没随着遗址的扩大、文物的增多而得到令所有人都满意的解答。今次，我们试着结合《华阳国志》来梳理、研判，看看能否有一些新的启示。

三星堆的族属

三星堆是哪个族群或哪个古国留下来的遗址？遗址内虽然业已出土数量惊人的文物（截至目前，光是新发掘的 6 座器物坑——又称"祭祀坑"或"埋藏坑"——就出土文物 17000 余件，包括铜器、金器、玉器、石器、陶器、象牙、海贝等），但迄今仍未发现被公认的含有国（族）名的金文铭刻；或有"物勒工名"现象。所以，只能从器物形态上做出判断。

上编

蚕丛之国

1986 年，三星堆二号坑出土了三件青铜面具（见下图），尽管大小有别，但造型基本一致，均为方颐，阔口，鹰钩鼻，双耳高翘外张，倒八字形刀眉，眼球呈圆筒状向前伸出，将眼肌拉出箍在眼球上。尤其是那双超出眼眶向前异常凸出的眼睛，让人一下便联想到了《华阳国志·蜀志》的记载："有蜀侯蚕丛，其目纵，始称王；死，作石棺石椁，国人从之，故俗以石棺椁为纵目人冢也。"后来，这种面具遂被定名为"纵目面具"，绝大多数学者觉得它们就是古蜀初始之王暨蜀人祖神蚕丛的形象（头像）。

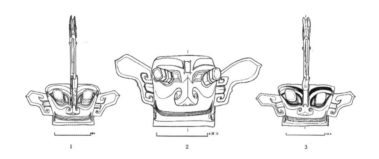

同年，一号坑出土了一柄金杖。在金杖一端，有约46 厘米长的一段图案，共分三组：靠近端头的一组，合拢看为两个前后对称、头戴五齿冠、耳饰三角形耳坠的人头像。另外两组图案相同，其上下方分别皆是两背相对的鱼与鸟，在鱼的头部和鸟的颈部叠压（贯穿）着一支羽箭。有专家认为，从上到下，图案象形地表达出"鱼凫王"三个字：鱼明摆着，那鸟就是凫，那头戴五齿冠的人就是王。另有专家认为，头戴五齿冠的人即蚕丛，鸟与鱼由箭连在一起即鱼凫。无论谁是谁非，皆提到了《华阳国志·蜀志》里的另一任蜀王鱼凫（蚕丛之后的蜀王）："次王曰柏灌，次王曰鱼凫。鱼凫王田于湔山，忽得仙道，蜀人思之，为立祠。"湔山（一说在灌县即今都江堰市境内）曾有鱼凫之祠，与《蜀中广记》灌县"上古为鱼凫氏之国，今有鱼凫故城"倒是可合符契。

于是，四川省广汉市西北鸭子河南岸的三星堆遗址便顺理成章地被定位为古蜀国文化遗址。在今天看来，此俨然已成为定论，其他如濮（僚）人说（详见罗二虎《论三星堆文化居民的族属》）、夏人说（详见白剑《三星堆青铜器年代及族属辩析》）等则被主流疏离以至于遗忘。

三星堆的文字

未发现被公认的含有国（族）名的金文铭刻，或有"物勒工名"的现象，说白了，就是三星堆遗址内迄今还没发现任何文字——这也是三星堆发掘方对外的公告。

不过最近，四川省考古研究院原院长高大伦提出了不同的看法——

……要告诉大家我所亲历的一件事，这对三星堆到底有无文字，若有，又会是什么文字的认识大有裨益。1990年，我有幸随李学勤师到广汉三星堆考察，同行的有四川大学历史系魏启鹏教授。那是李先生第一次访问三星堆。到广汉后，（遗址的）考察由四川省考古所三星堆工作站陈德安站长和广汉文管所敖天照所长全程陪同。那天李先生看得很高兴，问得也很详细，下午，遗址考察结束后，先生询问遗址里这几十年除了考古还有啥发现没？敖天照所长想了想后告诉先生，80年代在遗址里采集到一件青铜器，器形怪怪的，不知该叫啥名称。李先生问能否看到，敖所长说没问题，可以找出来。于是我们立即驱车去了文管所，走进库房就看到它被放在一个角落（形制和三星堆新祭祀坑里出的觚形尊几乎一样），目测器高约 50 厘米，口径约 30 厘米。李先生一看就说，这件器物很重要，希望拿到外边光线好的地方认真看看。敖所长亲自搬到外边供我们细品。李先生仔细端详器物外部，没放过每一个细节，然又双手捧起，细看此器内腹和圈足内侧，还向文管所要了电筒，打开电筒将内外两面又细细端详了两遍，仔细询问了此器采集地点、过程后，敖所长说想听李先生高见。李先生对在场的敖所长和大家说：这件器物定名应该叫觚形尊，从器型和纹饰看，时代在商末到西周早期，圈足内侧铸有两个符号，当隶定为"潜"，希望尽快公布，这对三星堆遗址和古蜀文明及青铜器研究意义重大。这里还想特别告诉大家，李先生考察完遗址后，很郑重地对我们随行的人说，在他看来，"根据遗址的规模和已有的发现来判断，三星堆遗址的价值意义不亚于殷墟"。在回成都市内四川大学专家招待所路上，李先生特别嘱咐我帮他找了一本《水经注》。第二天早上他把《水经注》返还时跟我说，昨天的判断没问题。这件器物是真的。器底内侧的"潜"字就是《禹贡》里的"潜、沱既导"里的"潜"。

我前面一再说，三星堆考古发掘没发现文字。有了以上觚形尊的发现，我则要说三星堆遗址里出过带文字的铜器，其时代和祭祀坑相近，其铭文是中原商周金文。

综上，我大胆推测，三星堆、金沙时期，古蜀人自己并没有创造发明文字。今后会不会发现文字并不确定，若发现文字，那一定也是中原甲骨文、金文体系的文字，甚至就是甲骨文、金文。

以上文字摘自高先生《三星堆有没有发现文字》一文，可谓自成一家之言。更妙的是，"潜"这个地名也出现在了《华阳国志·蜀志》对古蜀疆域的描述里。

不过，说三星堆遗址内没发现任何文字，倒是容易让人想到扬雄《蜀王本纪》里的一句话："蜀王之先名蚕丛、拍濩、鱼凫、蒲泽、开明，是时人萌椎髻，左言，不晓文字，未有礼乐。"（《四部丛刊》景上海涵芬楼藏宋刊本《六臣注文选》引。"拍"殆乃"柏"之讹，"髻"殆乃"髮"之讹）。《华阳国志·蜀志》多取材于《蜀王本纪》，但偏偏没有采用"不晓文字，未有礼乐"云云，因为在常璩眼中，蜀与秦一样，也是受文王教化、"多斑綵文章"（文章，礼乐法度也）的伟大国度。三星堆众多怪伟奇绝却无铭文的器物既坐实了常璩的乡邦自豪（多斑綵文章），似乎也证明了扬雄的客观史笔（不晓文字）。

三星堆的年代

一旦涉及蜀的国祚，扬雄好像也变得不再客观。紧接着"未有礼乐"之后，《蜀王本纪》里是这样一句："从开明上到蚕丛，积三万四千岁。"国祚再深眇绵长，也不会真正长到所谓"于万斯年"。"三万四千岁"显然跟李白《蜀道难》的"四万八千岁"一样不靠谱，只能视作神话或文学夸张。为了使其显得合理，《蜀王本纪》还有另外的版本，曰："从开明已上至蚕丛，凡四千岁"；"蜀王之先名蚕丛，后代名曰柏濩，后者名鱼凫。此三代各数百岁……"（《四部丛刊》中华学艺社借照日本帝室图书寮京都东福寺东京静嘉堂文库藏宋刊本《太平御览》引）。这样一来，就跟真实朝代的统治时长比较接近了。

如果说扬雄高估了古蜀历史的长度，没眼福看见三星堆文物横空出世的常璩则严重低估了古蜀开国的年代。《华阳国志·蜀志》云："周失纲纪，蜀先称王。有蜀侯蚕丛……"碳–14测年结果（新发现的6个坑的测年数据集中在公元前1200—前1010年）显示，三星堆祭祀区内八座坑的年代晚至殷墟文化第四期（殷墟文化第四期最末阶段的部分遗存尽管文化属性仍可归为商文化，但其年代实已进入西周初年），也就在这一时段，古蜀国都城迁离三星堆。而整个三星堆遗址在新石器时代晚期至夏代（距今约4500—3600年，即"三星堆遗址一期文化"），已发展成为中心聚落；约当商代前期（距今约3600—3300年，即"三星堆遗址二期文化"），出现城墙、大型建筑；商代中期以后（距今约3300—3100年，即"三星堆遗址三期文化"），三星堆文明臻至巅峰状态，青铜铸造、黄金加工、制玉、丝织业等均高度发达。换言之，古蜀开国的时间是要远远早于商末至西周前期（距今约3100—2900年，即"三星堆遗址四期文化"）这个时段的，而非"周失纲纪"的东周时期（前770—前256年）。

三星堆的生态

蜀地"东接于巴，南接于越，北与秦分，西奄峨嶓。地称天府……《夏书》曰：'岷山导江，东别为沱。'泉源深盛，为四渎之首……其宝则有璧玉、金、银、珠、碧、铜、铁、铅、锡、赭、垩、锦、绣、罽、氂、犀、象、毡、毦、丹、黄、空青、桑、漆、麻、纻之饶……其山林泽渔，园囿瓜果，四节代熟，靡不有焉"。这是《华阳国志》对蜀中大环境的动情描述。玉、金、铜、犀、象、丹、桑、漆、麻、纻等物产资源，理所当然就被位于成都平原北部沱江流域的三星堆都邑所大量取用。譬若象，对三号坑、四号坑的象牙系统取样，检测分析认为与现在的亚洲象特征基本吻合，蜀土产大象的事实，于是铁板钉钉。又如丹，即朱砂，上文提及的三件纵目面具的口缝即涂有朱砂。三星堆埋藏坑出土的铜神兽常以犀、象、虎、鸟（虎、鸟之饶大概太普通，故被《华阳国志》

省略了）的形态为基础，无疑都是对本地风光的艺术再现和升华。三星堆人已能熟练地养蚕织绸"以给郊庙祭祀之服"（《礼记·月令》），二号坑出土的青铜大立人像身上即有穿着丝绸祭服时的生动刻画，遗址里发现的丝织物品种已有纨、缟、缣、纱、绮、縠数种，恐怕也超出了常璩的想象（锦、绣、罽）。

被《华阳国志》省去不写的还应有稻之饶（《汉书》写了蜀"民食鱼稻"）。蜀为卑湿之地，正适宜种稻。稻不但是三星堆人的口粮，也是他们祭神的供品。何以知之？想当然耳。先秦奇书《山海经》记载："中次九经岷山之首，曰女几之山……又东北三百里，曰岷山，江水出焉，东北流注于海，其中多良龟、多鼍。其上多金、玉，其下多白珉，其木多梅、棠，其兽多犀、象，多夔牛，其鸟多翰、鷩……凡岷山之首自女几山至于贾超之山，凡十六山、三千五百里。其神，状皆马身而龙首；其祠，毛用一雄鸡，瘗，糈用稌。"这里的金、玉、犀、象刚巧呼应了《华阳国志》的相同内容，良龟、其木、其鸟则补充了《华阳国志》的不足。稌即稻（甲骨文称"秜"，《诗经》也称"稌"），蜀人用之瘗祭岷山山神，可见蜀地不但产稻，而且质量很好，不然不敢以之供神。都江堰芒城遗址、新津宝墩古城、广汉三星堆皆发现了水稻残留物，某种程度也印证了《山海经》的记录。我们完全有理由相信，三星堆祭山仪式用糈之中也有稻的一席之地（或许用稻谷酒的形式参与，亦未可知，因为三星堆遗址内发现了品种繁多的陶质酒器和铜质酒器）。

三星堆的去向

《华阳国志·蜀志》云："（鱼凫之）后有王曰杜宇，

教民务农，一号杜主。时朱提有梁氏女利游江源，宇悦之，纳以为妃。移治郫邑，或治瞿上。七国称王，杜宇称帝，号曰望帝，更名蒲卑。自以功德高诸王，乃以褒斜为前门，熊耳、灵关为后户，玉垒、峨眉为城郭，江、潜、绵、洛为池泽，以汶山为畜牧，南中为园苑。会有水灾，其相开明决玉垒山以除水害。帝遂委以政事，法尧、舜禅授之义，遂禅位于开明，帝升西山隐焉。时适二月，子鹃鸟鸣，故蜀人悲子鹃鸟鸣也。巴亦化其教而力农务，迄今巴、蜀民农时先祀杜主君。"有专家兴许有鉴于此，便认为杜宇之城倾覆于水灾，今三星堆遗址即其残留。明人刘基《郁离子》一书有这样一则寓言："昔者，蠡蚳暴于岷嶓之间，蜀王使相回帅师伐之，畏弗进，作土门而壁焉。其士卒日食于民，民瘵弗堪。于是，五丁凿山，以出于江之源，擒蠡蚳杀之。相回闻蠡蚳之死也，毁壁而出，取其尸以为功，曰：'我之徒兵实杀之。'五丁怒，杀相回，排天彭而壅之江，江水逆流，覆王宫，王升木而号，化为杜鹃。"似已肇启此说。然而目前并未在遗址内发现大规模的洪水痕迹，推测三星堆人的放弃城池、掩埋重器而迁离应该不是由洪水导致的。

最终，三星堆人到底去了哪里？与三星堆文明同期同类且延续时间更久的成都金沙遗址的发现，以及《华阳国志·蜀志》下文"开明立，号曰丛帝……开明王自梦廓移，乃徙治成都"云云的启示，个中答案仿佛已不言自明。

望丛祠

——丛帝活来成鳖相，望帝死去化杜鹃

成都市郫都区西南部有一座一祠祭二主的"望丛祠"，是为了纪念古蜀望帝与他的继任者丛帝而修建的祀祠，也是中国西南地区唯一的一处可供凭吊蜀人先祖的、最大的帝王陵区。

陵区中有"古望帝之陵"和"古丛帝之陵"，据清人说，里面埋着二帝的"剑舄"——佩剑和鞋子。这大概用的是黄帝的典故："葬于桥山，山陵忽崩，墓空无尸，但剑舄在焉。"潜台词则为：望帝、丛帝跟黄帝一样，都是成仙而去，并非人死留尸。所谓陵，不过是后人纪念他们而垒筑的衣冠冢罢了。

天外来客

话说第三代蜀王叫作鱼凫。传闻"鱼凫治导江"，其都城在导江县（遗址在今都江堰市）境内。又云，"在温江县北十五里"有"古鱼凫城"。

一次，鱼凫打猎到了湔山（在今都江堰市境内），忽然得道成了仙。后来，蜀人怀念他，就在湔山为他立了一座祠庙。此时，"蜀民稀少"，人丁并不兴旺。

"后有一男子，名曰杜宇，从天堕止朱提。有一女子，名利，从江源井中出，为杜宇妻。"杜宇从天而降，掉在了朱提山（位于今云南省昭通市）上。他妻子梁利（姓梁，见《华阳国志·蜀志》）的来路也极为异常，竟然出自江水发源地的一口井中。某天，她"游江源，宇悦之，纳以为妃"，可谓一见钟情，便成眷属。

与梁利结合之后，杜宇"移居郫邑"。而"化民往往复出"，前朝的蜀民也跟着搬了过去。民国《郫县志》记载："望帝故宫，在县北五十里古郫城，昔杜宇都此。晋时李雄自称益州牧，始亦驻此。今宫址俱废。"郫邑，兴许就是这个古郫城。

杜宇来自天上，蜀人必然会视之为"天精"（天神），拥其为王。很快，杜宇就"代鱼凫王蜀"，成了鱼凫的接班人。"七国称王，杜宇称帝，号曰望帝，更名蒲卑。"春秋战国之际，杜宇去王号而称"望帝"，接着又更名为"蒲卑"。蒲卑，一作"蒲泽"。有理由认为，"蒲卑"的写法应该才是对的，郫邑或郫都之"郫"或即因蒲卑所都而得名。

一说，杜宇"或治瞿上"，在蚕丛的故都瞿上城内或许也建有宫室。

居民越来越多，疆域越来越大，杜宇成就感爆棚，"自以功德高诸王，乃以褒、斜为前门，熊耳、灵关为后户，玉垒、峨眉为城郭，江、潜、绵、洛为池泽，以汶山为畜牧，南中为园苑"。晋人左思《蜀都赋》把这几句概况为："廓灵关以为门，包玉垒而为宇，带二江之双流，抗峨眉之重阻。"

褒、斜即褒谷、斜谷，均在今陕西省境内。熊耳、灵关即熊耳峡、灵关山，前者就是今眉山青神县之平羌峡，后者位于今雅安芦山县西北。玉垒、峨眉即玉垒山、峨眉山，前者在今阿坝州汶川县境内，后者位于今乐山峨眉山市境内。江指岷江，潜为今广元东北的潜溪河，绵即流经德阳的绵远河，洛是什邡的石亭江。汶山即岷山，南中包括今云南、贵州以及四川的凉山州和宜宾以南地区。

杜宇把褒谷、斜谷当成蜀国的前门，把熊耳、灵关当成后门，把玉垒、峨眉当成城郭，把江、潜、绵、洛诸水当成池塘，把岷山当成畜牧之地，把南中当成自己的园林别苑。简而言之，杜宇的确超过了前三代蜀王，将蜀国版图扩展到了前所未有的广阔地步。

望帝春心托杜鹃

望帝稳坐江山一百余年之后，蜀地遭了一场水灾，非常严重，不可收拾："玉山出水，若尧之洪水，望帝不能治"。玉山，也就是前面提到的玉垒山。汶川玉垒山出水，泛滥成灾，影响到成都平原，这不是不可能的。别的甭提，1933 年茂县叠溪地震，引发水灾，就波及都江堰地区，老一辈人对此记忆犹新。

也是天助蜀国，望帝正在望洪兴叹、焦头烂额，忽然就打荆楚之地来了这么一个治水专家。

"望帝积百余岁，荆有一人，名鳖灵，其尸亡去，荆人求之不得。鳖灵尸随江水上至郫，遂活，与望帝相见。望帝以鳖灵为相"，"使鳖灵决玉山，民得安处"。这专家名叫鳖灵，死不见尸，楚人到处找都找不到。结果怎么着？鳖灵的尸首竟然逆长江而上，漂到了郫城。更为神奇的是，鳖灵一下就复活了，并且拜见了望帝。二话不说，望帝就封这奇人当了相国。鳖灵既然能够长

途"溯流"，必然精通水性，三下五除二，他就治平了水患，蜀民得以安居。

另有一种说法，鳖灵也是"从井中出"，跟杜宇的妻子一模一样。

生活总是曲折的，常常一波未平，一波又起。"鳖灵治水去后，望帝与其妻通。惭愧，自以德薄不如鳖灵，乃委国授之而去，如尧之禅舜。"鳖灵治水的过程中，望帝和他的妻子通了奸。鳖灵抗洪成功后，望帝倍感惭愧，自认为德行浅薄，不如鳖灵，于是便将帝位禅让给了鳖灵，自己弃国而去。

望帝到底去了哪里？《华阳国志》只有简单的一句交代："帝升西山隐焉。"

西山，即岷山。古人将包括青城等名山在内的岷山称作"西山"，诗圣杜甫的不少诗篇都提到过"西山"，如七律《野望》《登楼》和五律《赴青城县出成都寄陶王二少尹》等；另有三首五言古诗还直接以《西山》为题，并在题下自注："即岷山，捍阻羌夷，全蜀巨障。"时至今日，都江堰市民间仍有人称青城山道符为"西山字"。唐太宗贞观十五年（641），朝廷与吐蕃联姻通好，灌口（今都江堰市）、松州（今松潘县）道路畅通，成为重要商道，名为"西山道"（今称"松茂古道"）。这个西山指的也是南北逶迤711公里的岷山，它北起甘肃东南岷县南部，南止四川盆地西部的峨眉山，从松潘县到都江堰市的只是其中一段。

"望帝去时，子巂鸣，故蜀人悲子巂鸣而思望帝。"子巂，即子规，又称"杜鹃鸟"。望帝去国的时候，适值二月春耕，杜鹃鸟鸣叫正欢，所以，后来每年一听到杜鹃叫，蜀民就会思念望帝。巧的是，英文中，"杜鹃"（cuckoo）又含"奸夫"（cuckold）之意，并骂男性第三者为"巢中之鹃"（a cuckoo in the nest），正好能对应望帝与鳖灵妻子私通的情节①。

为什么蜀民会思念望帝呢？原来，他曾"教民务农"，被百姓尊称为"杜主"，就跟大家管李冰叫"川主"差不多。而且，"巴亦化其教而力务农，迄今巴、蜀民农时先祀杜主君"。

渐渐地，"望帝去时，子巂鸣"云云竟演变成了"望帝修道，处西山而隐，化为杜鹃鸟，……至春则啼，闻者凄恻焉"的神话；左思《蜀都赋》说"鸟生杜宇之魄"，看来关于望帝的传说在西晋之时就流传开了。

如今，青城后山仍流传着一个由此衍生而来的民间故事。相传很久以前，白云洞中住着一位美丽的杜鹃仙子，常下到仙女梳妆池中沐浴。某年，杜宇征西途经此地，竟与仙子相爱，还封其为"贵阳妃子"。嗣后蜀都发生政变，杜宇返宫被害，魂魄化作杜鹃鸟，飞回后山昼夜呼唤"贵贵阳、贵贵阳"，啼出的鲜血染红了满坑满谷的杜鹃花。

望帝退位，"鳖灵即位，号曰开明帝。帝生卢、保，亦号开明"。于是，古蜀第五代王朝即开明王朝便登上了波谲云诡的历史舞台。

上编

蚕丛之国

① 详参四川文艺出版社 2001 年版《流沙河短文》第 246 页。

商业街船棺墓

——开明王朝的归葬地

上　回

　　这是战国早期的一处大型多棺合葬的土坑竖穴墓，墓向为东北—西南向，墓坑长约 30 米、宽约 20 米，面积达 600 平方米，局部在汉代曾被破坏。墓坑现存船棺、独木棺等葬具 17 具：其中大型葬具 4 具，最大的一具长达 18.8 米，直径 1.7 米，堪称中国的"船棺王"；13 具小型葬具中有一些为殉人或专置随葬品的小型木棺。所有棺材用贵重的桢楠木整体刳凿而成，其下方垫有纵横交错的众多枕木。各木棺周围满填青膏泥，因青膏泥有密不透氧的性质，木棺及随葬的漆木器和竹席均保存较好。在墓坑东南侧，发现了一个巨大的以独木舟端做成的柱础。更为重要的是，在该墓葬南边发现有带榫头的条形方木，方木呈长方形分布，东西长约 15 米，南北宽约 7.5 米，据学者推测应是建筑的基础，在其东西两侧还有各长约 15 米、宽约 7.5 米的边厢。这种条形方木在墓坑上部沿东侧一线也有发现，估计亦为建筑的基础部分。说明当时在该墓葬之上还应有地面建筑，这跟古文献记载的宗庙及陵寝制度中的"前朝后寝"的建筑形式适相吻合，而这在之前国内考古发掘中从未见过。从已知的墓葬情况可确定，这有可能是一处极其罕见的古蜀国开明王朝晚期王族甚或蜀王本人的家族墓地。

以上简介的是惊现于成都市商业街的"古蜀国大型船棺独木棺墓葬遗址"，以当时全国发掘出土的最大船棺规模成为"2000 年十大考古新发现"之一。

开明王朝，究竟是怎样一个独特的存在呢？

开明与鳖

顾名思义，这王朝的开创者即为"开明"，他可是个充满传奇色彩的人物。

开明其实是帝号，他的原名叫"鳖灵"，又写作"鼈灵""鳖令""鳖泠"等。

有一个奇怪的现象，值得先探讨一下。先后几代古蜀帝王，竟然都与某种动物有关。开明之与鳖灵，鳖形状似龟，又称"甲鱼""团鱼"等。杜宇"死化为鹃"，后来"杜宇"干脆就成了杜鹃鸟的别名。鱼凫极有可能就是"鱼老鸹"，即杜甫当年看见夔州"家家养乌鬼（鸬鹚）"，因它擅长用嘴在河里抓鱼，样子有点像鸭子，而鸭子又叫凫，所以可唤作鱼凫。蚕丛之与蚕，我们前面详述过，兹不赘。

教民养蚕故而叫蚕丛，捕鱼为生有如鱼凫，杜鹃啼归时杜宇退隐山林，鳖熟习水性所以鳖灵治水能成功，都是很明显而简单的联想。但这些动物跟古蜀历代王

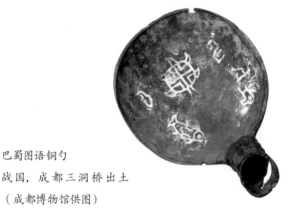

巴蜀图语铜勺

战国，成都三洞桥出土

（成都博物馆供图）

朝的真实关系，究根问底，也许最终还不得不牵涉"图腾"。古蜀人把某种动物当作自己的亲属、祖先或保护神，相信它们有一种超自然力，会保护自己，并且还可以获得它们的力量和技能。在古蜀人眼里，图腾实际上又是被人格化的崇拜对象。灵者神也，鳖灵就是鳖神，人格化之后，便成了丛帝开明。

1983 年，成都市区三洞桥出土了一把"巴蜀图语铜勺"，勺面饰有龟、鸟、鱼及另外两种图像。这五个图像中，龟的位置居中且图像最大，最小的图像极似蝌蚪。鸟和鱼分别位于龟的左右两侧上方，另两种图像则在龟的左右两侧。这五种图像的大小、比例跟它们所代表的实物并不相符，说明它们所对应、体现的并非某种动物实体，而是抽象的指称、地位、影响力等，所以称之为"图语"，一种图形文字。该铜勺年代为战国，正值古蜀开明王朝时期。由此推测，这个龟指的可能就是鳖灵，鸟和鱼大概兼指杜宇、鱼凫，这些图像应是古蜀人图腾崇拜与祖先崇拜相结合的产物。

开明王朝的发祥

传说，鳖灵在家乡楚国死后，尸体从长江中游一带逆流而上，历经千壑万滩，抵达异乡蜀国而复活。此时，望帝杜宇统治下的蜀地爆发了类似中原尧舜时期的大洪水。于是，鳖灵被紧急任命为蜀相，他打通挡路之山麓，疏导汹涌的洪流，最终平息了水患。此功高不可没，杜宇便将王位禅让给了鳖灵，自己退隐深山之中。鳖灵顺利登极，取了一个"开明"的帝号，蜀地人民则尊称他为"丛帝"。这个"开明"也许既纪念开山泄洪的伟大业绩，亦对蜀国未来有所期许吧，又或者是对太阳的礼赞——拨开云霾，洒下光明。鉴于他的后人亦号开明，我们可称丛帝为开明一世，后面的以此类推。

丛帝之"丛"，或许有向开国蜀王蚕丛致敬的意味。蚕丛养蚕，使民有衣穿；鳖灵治水，使民"得陆处"。对老百姓而言，这些都是实实在在的福祉，应该万世感戴。

历代大小君王总是希望从自己算起，将王位二世、三世这样一直平稳地传到千万世，结果很多很快就衰亡了。开明王朝虽然僻居西蜀，却整整传了十二世。

十二世的世系传承，只有二世、三世在史书上有记载："丛帝生卢帝。卢帝攻秦至雍，生保子帝。帝攻青衣，雄张獠、僰。"开明二世叫卢帝，曾攻打秦国到了雍地（今陕西凤翔一带）。开明三世叫保子帝，曾攻打青衣，威震獠、僰。

青衣即"青衣羌国"或"青衣国"，其境"与叙州邻"，当在今宜宾南溪一带。獠又写作"僚"，意为猎，青衣国民打猎为生，被称为獠人。僰，既指僰道，又指僰道地界（今属宜宾）之民——僰人。《华阳国志》说

"僰道有故蜀王兵兰"（兵兰，一说为兵器架，一说为驻兵之营寨），就是保子帝征僰的证据。

"自开明五世开明尚始立宗庙于蜀"，"以酒曰醴，乐曰荆，人尚赤，帝称王"。开明五世叫开明尚，去帝号，复称王。此时，蜀国才开始建立宗庙，称酒为"醴"，称音乐为"荆"，全民崇尚红色。

拔蛇山摧

开明王朝"有五丁力士，能移山，举万钧。每王薨，辄立大石，长三丈，重千钧，为墓志，今石笋是也，号曰笋里。未有谥列，但以五色为主，故其庙称青、赤、黑、黄、白帝也"。

杜甫曾在成都西门外看到的"石笋"，据说就是力大无穷的五丁力士立在蜀王墓前的大石。这些大石的作用是作为墓志或无字碑，上面没有任何谥文，只涂上青、赤、黑、黄、白五色以示区别，墓中埋葬的蜀王便照着这些颜色依次称庙号为"青帝""赤帝""黑帝""黄帝""白帝"。

五丁力士有举起万钧之臂力，不但能移动大石，还能拉垮大山。

公元前337年，蜀王（有可能是开明尚）派使者出使秦国。因为秦王屡次送美女给蜀王，蜀王很感动，所以遣使访问秦国。秦王知道蜀王好色，便许诺再送给蜀王五个美女，蜀王立马就派五丁前去迎接。走到梓潼（今绵阳市梓潼县）时，看见一条大蛇钻入山洞中，一名大力士好奇心骤起，快步上前抓住蛇尾往外拽，但是怎么也拉不动，于是五丁齐上，大喊着拽蛇，不料山体崩塌，五丁和秦国的五个美女及其随从都一起被压死了。大山一分为五，山顶上有平石。蜀王知道后很痛心，便登山凭吊那五个美

三星堆 神话诞生之地

女，并把山命名为"五妇冢山"（又称"五妇山"），并在平石上修建了"望妇墩""思妻台"（又称"候五女台"），真是只爱美人不惜英雄。后来的人们才把这几座山称为"五丁冢"，以表示对这五个大力士的纪念。

"五丁毙焉，遗剑于路，臾化一泉。每庚申、甲子日，其剑一现，故又称灵泉。"五丁死后，佩剑遗落在路旁，瞬间就化作了一眼泉水。每逢庚申、甲子之日，剑会重现于世，"时发宝光"。因此灵异之事，人们称这泉为"灵泉"或"隐剑泉"。

下　回

成都城西北隅之"武担山"，其准确的写法或许是"五担山"，五丁担土修冢，高高成山也。今青羊区有"五丁桥"，北接"五丁路"，此两处地名搞不好也源自开明王朝这五个大力士。

李白《蜀道难》诗云："蚕丛及鱼凫，开国何茫然！尔来四万八千岁，不与秦塞通人烟。西当太白有鸟道，可以横绝峨眉巅。地崩山摧壮士死，然后天梯石栈相钩连。"这壮士，说的就是五丁力士。上回只讲了怎么一个"地崩山摧壮士死"，下面再来谈谈"然后天梯石栈相钩连"，顺便也把武担山的来历加以交代。

开通金牛道

扬雄《蜀王本纪》载："秦惠王时，蜀王不降秦，秦亦无道出于蜀。蜀王从万余人东猎褒谷，卒见秦惠王。

秦王以金一笥遗蜀王，蜀王报以礼物。礼物尽化为土，秦王大怒，臣下皆再拜贺曰：'土者，地也，秦当得蜀矣。'……秦惠王欲伐蜀，乃刻五石牛，置金其后。蜀人见之，以为牛能大便金。牛下有养卒，以为此天牛也，能便金。蜀王以为然，即发卒千人，使五丁力士拖牛成道，致三枚于成都。秦道得通，石牛之力也。后遣丞相张仪等随石牛道伐蜀焉。"

周显王在位之某年，开明王朝某一世蜀王在其领地北端的山谷中打猎，不期而遇他的敌手秦惠王。秦惠王送给蜀王一竹箱金子，蜀王也回赠了一些珍宝器物。回到秦国，这些宝物变成了泥土，惠王非常气愤。群臣却向他道贺，说："这是上天赐给秦国的礼物啊，大王将得到蜀国的土地！"秦王转怒为喜。他准备攻下蜀国，但是蜀地向来不与秦塞通人烟，一时竟找不到入蜀之路。不过他知道蜀人尚五，又崇拜大石，便令人制作了五头大石牛，每天早上在牛屁股后边放一块金子，对外宣称石牛会屙金屎，并专门派上百人来供养这些石牛。

蜀王听说后，兴奋极了，很想据为己有，便派使者到秦国。这正中秦国的下怀，惠王爽快地答应了蜀王的请求。蜀王派五丁去迎接石牛，回到成都后，牛却不拉金子。蜀王大怒，又令五丁将石牛原路送还给秦国。殊不知，五丁来回拖运石牛，已拖出了一条秦蜀通道，史称"石牛道"或"金牛道"，诗称"天梯石栈"。今成都有"金牛区"，也由此而得名。

此后，石牛道就成了秦汉至南北朝间由关中入蜀之主道。其路线，具体而言，即自今陕西眉县经褒斜栈道入汉中，复自勉县而西，出阳平关，由山道抵青川白水关，然后沿白龙江河谷至广元葭萌，再溯清江河西至沙溪坝，转而南，经剑阁道入剑门。

周慎王五年，秦惠王后元九年，亦即公元前316年，张仪等秦人便是从石牛道进入蜀中而后灭掉蜀国的。

迁都成都

"开明子孙八代都郫"。从鳖灵至开明八世，整整八代，皆把蜀国都城定在了望帝杜宇的旧都郫邑。直到第九世，才有了改变。

《华阳国志》记载："开明王自梦廓移，乃徙治成都。"这个开明王，指的是开明九世开明尚（一说为五世）。一天，他突然梦见城郭自己在移动，醒后就顺应这个兆头把国都迁到了成都。

商业街船棺墓的时代恰好就处在开明王朝定都成都之后至秦国灭掉蜀国之间，属于古蜀文明迈过顶峰、即将走向衰落的时候。也就是说，船棺的主人极有可能就是开明的嫡系子孙之一，某一位王位继承者，即：开明某世。再具体一点就是开明九世至开明十二世之间的一位。但各船棺中所出骨骼经鉴定都是 20 岁左右及更年幼的青少年，兴许并非蜀王，而可能是蜀国王族内一些并未继位或成婚的青少年男女。

五丁担土成山

说到开明尚，就不得不提武担山。

《唐成都记序》云："蜀王开明尚纳美女为妃，盖武都山之精也。及死，葬于城西北，遣五丁担其本山之土以为冢。今有二石尚在，古老言五丁担土担。"

这几句浓缩自《华阳国志·蜀志》："武都有一丈夫，化为女子，美而艳，盖山精也。蜀王纳为妃。不习水土，

上编

蚕丛之国

欲去。王必留之，乃为《东平之歌》以乐之。无几，物故。蜀王哀之，乃遣五丁之武都担土，为妃作冢，盖地数亩，高七丈，上有石镜，今成都北角武担是也。后，王悲悼，更作《臾邪歌》《陇归之曲》。其亲埋作冢者，皆立方石以志其墓。成都县内有一方折石，围可六尺，长三丈许。去城北六十里曰毗桥，亦有一折石，亦如之，长老传言：丁士担土担也。"好一个多情的蜀王！好一段传奇的石头记！

绵竹武都山有一男子化身成女人，十分美艳，大概是个山精。被蜀王看中，纳为妃子。但她不服平原上的水土，想离开成都，返回家乡。蜀王极力挽留，写歌作曲来讨她欢心。没过多久，王妃死了，蜀王伤心极了，命令五丁从武都往成都担土，为王妃修建坟冢。该坟占地数亩，高七丈，上面竖有一面石镜：莹澈光洁，可鉴人影。坟前也立一方石，作为标志。日积月累，坟上的土石、植被越来越多、越来越厚，俨然成了一座山，人称"武担山"。

故事的另一版本则讲，武都有人知道蜀王好色，便主动献上了自己的美妻，并不是什么山精人妖。古蜀城邑多名"某都"，如成都、新都、广都，武都大概也是邑名，在今绵竹境内，并非甘肃之武都。

武担一度乃成都名山，因其上曾有一巨型石镜，故又名石镜山；六朝、唐、宋之际，山上皆建有寺庙，名"武担寺"，亦名"石镜寺""咒土寺"。此山现位于江汉路成都军区大院内，不对公众开放，但可从两侧道路眺望。正如《蜀志》所示，它并不是一座山，而是一个小土丘，且土质与成都平原有所不同。今山体略呈马蹄形，西高东低，高约 20 米、宽 40 米、长 100 余米，占地面积 680 平方米。上面的石镜，早已不知所终，只有杜甫的诗句还有遗响："蜀王将此镜，送死置空山。冥寞怜香骨，提携近玉颜。众妃无复叹，千骑亦虚还。独有伤心石，埋轮月宇间。"

开明王朝的尾声

秦国灭掉开明王朝，是"秦并巴蜀"这一转折四川历史、成都历史的重大史实之核心事件，《华阳国志·蜀志》却记得要言不烦："周慎王五年秋，秦大夫张仪、司马错、都尉墨等从石牛道伐蜀。蜀王自于葭萌拒之，败绩。王遁走，至武阳，为秦军所害。其相、傅及太子退至逢乡，死于白鹿山，开明氏遂亡，凡王蜀十二世。冬十月，蜀平，司马错等因取苴与巴。"

葭萌，古关名，位于今广元市昭化区昭化镇，开明十二世在此彻底败给了张仪、司马错、都尉墨等人率领的秦军。眉山市彭山区，古称武阳，开明十二世被秦军杀死于此。逢乡、白鹿山都在今彭州市境内，开明十二世的宰相、太傅及太子均毙命于白鹿山。

开明王朝虽然亡国了，但并没灭种。刘琳先生认为："唐张守节《正义》云'蚕丛国破，子孙居姚、巂等处'，必有所本。又《水经注·叶榆河》载秦时蜀王子将兵三万征服交州之地，因称为安阳王。越南古史传说略同。似亦为开明氏后裔。"徐中舒先生认为："蜀亡之后，蜀王子孙率其部族流散于川西各地，自青衣水、若水（今为雅砻江）沿横断山脉南下，其人则随所在之地而异名。"万人如海一身藏，秦军想追杀也鞭长莫及了。

相比开明十二世的仓皇溃逃、血腥薨逝，静静躺在商业街船棺里的那些蜀国贵胄就更显得格外幸运而安详了。

载魂之舟

砍倒一根粗大的楠树，截枝褪皮，打磨抛光，再去掉三分之一，将剩余的三分之二挖空中心部分，由底部向上斜削木头的一端使其离地而略微上翘，可以做成什么？一条木船。那如法炮制，再做一条相同的，然后把它们上下两两对扣在一起，又是什么呢？一种棺材。

2000 年 7 月至 2001 年 1 月，在成都市中心的商业街，考古工作者发掘出了一座多棺合葬的大型古墓。这些棺材大小不一，秩序井然地停放在纵横交错的枕木之上，都被做成了远古木船或独木舟的形状，所以人们形象地称之为"船棺"。

仔细一清点，墓坑中有船棺 17 具，其中 10 米以上的有 4 具，最大的 1 具长达 18.8 米，直径 1.7 米，由一整段楠木挖凿而成。我国国内尚未发现过如此巨大树木制作的船棺，堪称"中华船棺之王"。其余 13 具规模较小，包括一些为殉人或专门放置随葬品的小型木棺。比如成都博物馆展览的两具：上方那口带盖长约 4.77 米、宽约 0.9 米、高约 1.08 米，棺内随葬有陶器、漆木器等；下方那口没有棺盖，长仅 4.53 米、宽约 0.9 米、高约 0.6

米，棺内随葬有竹筐、竹席、蓑衣、漆木器等。

在博物馆幽暗的一角，静静端详着这些奇异的棺木，心里难免会冒出若干个问号：它们是什么时代的？主人是谁？为什么要做成船形？又为何埋葬在了成都的闹市之中呢？

考古工作者研究后初步认定，这是战国时期某一位蜀王及其家族的墓葬，下葬时间距今 2500 年左右，相当于古史传说的开明王朝的晚期。

顾名思义，这王朝的开创者即为"开明"，他可是个了不起的人物。

郫县（今成都市郫都区）籍西汉大儒扬雄《蜀王本纪》一文及东汉泰山太守应劭《风俗通义》一书之中都收有这样一个传说：荆有一人名鳖灵，其尸亡去，荆人求之不得。鳖灵尸至蜀复生，蜀王以为相。时玉山出水，若尧之洪水，望帝不能治水，使鳖灵决玉山，民得陆处。望帝自以德不如，以国禅与鳖灵，为蜀王，号曰开明（此据《太平御览》卷五十六、卷八百八十八所引综合）。

其实，在成都市区内发现船棺，商业街这次既不是第一次，年代也不是最早的，而且还不仅仅局限于开明王朝。

早在 1987 年，考古工作者就在青羊小区住宅楼工地发现了一处战国船棺墓，出土了一件纹饰十分精美的铜壶，上面刻绘有栩栩如生的羽人划船图案，这个发现为研究古代蜀人生产和生活习俗提供了珍贵的历史资料。法国学者认为，这类羽人划船画表达的是"用船送魂"的祭祀仪式，与世界第三大岛婆罗洲上的达雅克人超度死者灵魂到天堂所用的"黄金船"相似。中国学者也曾指出，蜀地流行船棺葬，与蜀人沿水路送魂的意识有关。此说是很有道理的。

2007 年，黄忠村四组金沙遗址墓葬区内也出土了大

上编　蚕丛之国

量的船棺，将蜀人船棺的"出生时间"整整提前了500年，证明早在西周中期成都地区就已使用船棺葬。遗憾的是，这些船棺保存得不太好，其遗迹之形状虽然跟商业街船棺相近，但要小得多，一般长1米多，大的也只有2米多。在船棺遗迹中央横躺着尸骨，其脚踝处通常只有陶罐等低档随葬物。专家解释说，与成都商业街船棺只在蜀国王公贵族之间流行不同，金沙船棺有可能只是一般蜀人的葬具。

蜀人既然相信用船棺可以护送亡魂，那么，最终的目的地是哪里呢？天堂？故乡？还是别的什么地方？

根据《蜀王本纪》的记载，这些亡魂会经过一个叫作"天彭阙"或"天彭门"的地方，其地理位置大约相当于今都江堰白沙附近的岷江峡口，那里两座山峰耸然对峙，形如门阙，岷江从中穿流而过。若无舟船，显然难以渡过滔滔江水返归故里，与祖先灵魂团聚。这个故里就是古蜀的发祥地、第一代蜀王蚕丛的家乡——岷江上游的川西北高原，其实也就是蜀人心目中的天堂。船棺实为"载魂之舟"，其宗教和葬俗意义可谓一目了然。

讲到船棺葬，可谓源远流长，是中国南方古代一些少数民族的葬俗。因以船形棺为葬具，故名。大而化之，船棺葬可分为露天葬和土葬两种。再细一点，又有悬挂岩洞、架在树上和埋入土中之分。

迄今所发现年代最早的船棺，是从福建武夷山岩取下的两具，和现在闽南等地使用的渔船形制基本相同；经碳-14测定，制作时间距今3100年以上，大约相当于商周时代。与成都商业街船棺类似，武夷山的船棺也由整段楠木刳凿而成，也分底盖两部分（底部为船棺的主体，中为长方形盛尸处；盖为半圆形，内部挖空如船篷状）并上下套合。

海南、湖北、湖南、广西、广东等省也有类似船棺葬，前贤或以"架壑船"称之，或以"敞艇"称之，或以"沉香船"称之，或以"仙人舟"称之，不一而足。

用为土葬葬具的船棺，自20世纪50年代以来，长江三峡和四川东部屡有发掘，这里是古代巴国的疆域，船棺也因此一度被认为是巴人独有的安葬方式，流行于公元前4世纪末至公元前1世纪末。1954至2017年，巴县（今重庆）、昭化、广汉、双流、芦山、彭县（今彭州市）、荥经、大邑、绵竹、什邡、新都、郫县（今郫都区）、蒲江、青白江等地陆续不断出土船棺，特别是成都商业街船棺集体而较为完整地亮相，雄辩地表明了蜀人也曾普遍使用船棺下葬。

明朝的时候，成都三十余州县分布一片沃土之上，尚有"江流清冽可爱，人家桥梁扉户俱在水上，而松阴竹影又抱绕于涟漪之间，晴雨景色无不可人"（王士性《广志绎》卷五《西南诸省》）。清康熙四年（1665），"摩诃池"仍残留少许水面，直至民国三年（1914），才被全部填平。1958年，小学生们还能在"御河"里举行划船比赛。可以推想，先秦之时，成都平原更是湖泊星罗、河流纵横。很多蜀国先民傍水而居，以船为家，以河为生。他们通习水性（例如开明），擅长舟楫，珍视船只，因而死后以之为葬具，天长日久，就形成了风俗，为历代所沿袭。诚如马克思所指出的：为了让死者的灵魂在另一个世界里像生前一样生活和娱乐，"占有者生前认为最贵重的物品，都被关进死者的坟墓，供他在冥中继续使用"（马克思《摩尔根〈古代社会〉一书摘要》）。

很难想象，船棺葬者如果不是主要靠水生存、对舟船有深厚感情的民族，恐怕绝不会耗神费力花偌大的工夫来把葬具凿成船形。船棺墓中的独木舟型小棺，从其规模及制作工艺来看，是完全可以付诸实用的。有理由相信，此种葬具或者本来就是墓主人生前日用的水上交通工具，为了物尽其用，也作为财产想继续持有，死后即以之当作葬具。四川省博物馆（即现四川博物院）《四

川船棺葬发掘报告》总结得非常到位："不拘其为实用之具或专为凿成的葬具，船棺葬者若不是一种与河流有密切关系的民族，绝不会把葬具凿成如此形式。以舟为葬具，这或者是表示'以水为家'的信念，或死后还需要舟楫的信仰。"

然而，先秦时期使用船棺进行土葬的民族并不多见，唯有巴蜀地区是我国古代实行船棺葬相当集中的地区。巴蜀船棺葬无疑是巴蜀先民受本民族送魂观念支配的产物；另一方面，它的出现与流行，又与古代巴蜀先民的生产方式与生活环境有着密切关系。

正像前面所讲到的，早至金沙遗址时代，最晚从开明九世开始，成都就已是蜀国都城的所在处了，因此，在成都市区内屡次发现船棺，也就顺理成章，不足为奇了。

"蜀守冰"之前的
"蜀守斯离"被考古发现

东晋史学巨著《华阳国志》记载："周赧王元年，秦惠王封子通国为蜀侯……以张若为蜀国守……三十年，疑蜀侯绾反，王复诛之，但置蜀守……周灭后，秦孝文王以李冰为蜀守。"

蜀王时代随着秦并蜀而宣告结束，成都进入蜀侯、蜀守并治时代，成了秦国蜀郡首府。公元前314年，秦惠王封其子通国为第一代蜀侯，任命张若为第一代蜀守。公元前285年，秦昭襄王怀疑蜀侯绾有反意，将其诛杀，并取消蜀侯一职，只置蜀守一名。从此，成都由蜀侯蜀守并治时代正式转型为蜀守时代。公元前250年，李冰被秦孝文王任命为蜀守。这一年，也可视为都江堰的始建之年。

秦昭襄王所置的这名蜀守是谁？换言之，张若之后、李冰之前是不是还有另一位蜀守呢？史籍失载。幸亏地不爱宝，两千多年过去了，答案终于破土而出、大白于天下。

为配合银西高铁建设，陕西省考古研究院从2017年冬季开始，在西（安）咸（阳）新区秦汉新城坡刘村秦咸阳城遗址中发掘两座战国晚期秦贵族墓葬。这两座墓葬均未经盗扰，其中规格稍小的一座为一棺一椁二重葬具，椁室隔出头箱、边箱。边箱内发现大量殉牲动物骨骼，出土遗物共计 40 余件（组）。另一座墓葬规格较大，包括竖穴墓道和墓室两部分，使用一棺两椁三重葬具。墓道底部放置装有大量殉牲的木箱，椁室内隔出头箱，出土遗物共计 155 件（组），其中包括一件铜鉴。

2019 年 11 月，考古研究院对外公布了该铜鉴腹部的 16 字铭文，内容为："十九年，蜀守斯离造，工师狢，丞求乘，工耐。"这种铭文格式是秦国铸器上常见的四级职名联署（守→工师→丞→工），出现质量问题时便于层层追责。十九年指秦昭襄王十九年，即公元前 288 年，在这一年内，蜀守斯离督造了这件铜鉴。

司马迁《史记》载，秦昭襄王二十三年，尉斯离与三晋、燕伐齐。秦昭襄王三十年，蜀守若伐楚。可见，秦昭襄王十九年，蜀守是斯离，到二十三年时，他已经离职他任了。而在秦昭襄王三十年，张若却再度成为蜀守。

《史记》将张若称为"蜀守若"，将李冰称为"蜀守冰"，与青川秦王政九年铜戈刻铭之"蜀守金"（或释"金"为"宣"）、涪陵秦始皇廿六年铜戈刻铭之"蜀守武"一样，均是在沿用战国秦制之官称。以此推断，秦昭襄王十九年铭文里的"蜀守斯离"，也该与此类似，斯离只是名，而不是姓斯名离，正如张守节《史记正义》所注的那样："尉，都尉。斯离，名也。"

或许因为斯离任蜀守时间太短，名气太小，而张若先后两次任蜀守，且与之有所交叉，所以《史记》《华阳国志》都没有写明"蜀守斯离"（当然也没记载更不知名的"蜀守金""蜀守武"）。又因秦孝文王即位当年就死了，当代有学者便怀疑《华阳国志》"秦孝文王以李冰为蜀守"是误载，认为："李冰在蜀大修水利，显然需若干年。

因此当是昭襄王后期李冰即任蜀守。"其实这很好解释，秦孝文王即位时间再短，也来得及对李冰下达任命，他死后，李冰照样可以继续修建都江堰，继续留任蜀守之职。

"十九年蜀守斯离"战国铭文的发现，不但填补了历史的空白，也再次佐证晋代史学家常璩编撰的《华阳国志》可信度是非常高的，不容轻易否定。

附:《秦蜀郡太守简表》

公元前316年至前206年，秦国及秦朝统治蜀地达110年之久。今略有名迹可考的蜀郡太守仅六位，其中，以张若、李冰最为知名，且姓名完整；其余或失姓或姓名皆失，事迹更是不甚了了。可以确定的是，张若乃首任，章邯所置者为最后一任。至于这两位之间是否只有蜀守斯离、蜀守冰、蜀守金、蜀守武四任，目前尚不敢说死。

姓名	任期	主要事迹	备注
张若	前314年—?前277年在任	先后两次任蜀守灭巴蜀，修成都城	陕西历史博物馆藏有一件"卅四年蜀守"戈，殆为公元前273年（秦昭王三十四年）之器，不知此蜀守是张若还是其他佚名者
□斯离	前288年在任	秦昭襄王十九年，斯离乃蜀守；二十三年时，已改任都尉	姓氏已佚，与《史记·秦本纪》之"尉斯离"为同一人
李冰	前250年—?	修都江堰，治蜀	任职时间多争议，此取《华阳国志》"秦孝文王以李冰为蜀守"之说，如康熙《饶州府志》"秦孝公时守蜀"之类显系讹传

上编

蚕丛之国

姓名	任期	主要事迹	备注
□金	前 238 年在任	不详	姓氏已佚。金字，或释读为"宣"
□武	前 221 年在任	不详	姓氏已佚
□□	不详	为章邯（？—前 205）所置，被置即上任蜀守的时间或在前 205 年之前；为林挚（前 200 年封侯）所斩，被斩的时间或在前 200 年之前	姓名皆佚。见载于《史记·高祖功臣侯者年表》《汉书·高惠高后文功臣表》

三星堆

神话诞生之地

下编

天府之国

The land of abundance

"都江堰"之前的都江堰

绪言　蹲鸱之沃野

我闻离堆未凿前，
大江茫茫水一片。
奔流直泻下西南，
郫下每闻吾鱼叹。

这是清朝灌县举人陈炳魁《都江堰歌》中的几句。春秋时鲁昭公元年（前541），刘定公感叹道："美哉禹功，明德远矣！微禹，吾其鱼乎！"这里"吾鱼叹"乃反其意而用之，是说都江堰离堆未凿前成都平原常闹水灾。此时的岷江不分内外江，相当壮阔，确实是"大江茫茫水一片"，有《战国策》可证——

秦西有巴蜀，方船积粟，起于汶山，循江而下，至
郢三千余里。舫船载卒，一舫载五十人与三月之粮，下
水而浮，一日行三百余里。

蜀地之甲，轻舟浮于汶，乘夏水而下江，五日而
至郢。

汶山就是岷山，江则涵盖今之岷江和长江。能够让
装载五十人与三月之粮的大方船鱼贯循江而下，可以
想见凿离堆之前的岷江水面有多么开阔渊深。水下呢？
"多良龟，多鼍。"

岷江岸边则为连绵起伏的岷山，"其上多金、玉，其
下多白珉。其木多梅、棠，其兽多犀、象，多夔牛，其
鸟多翰、鷩"。《山海经》如是记叙。当然，这一带的物
产远不止此。《史记》载：

蜀卓氏之先，赵人也，用铁冶富。秦破赵，迁卓氏。
卓氏见虏略，独夫妻推辇，行诣迁处。诸迁虏少有余财，
争与吏，求近处，处葭萌。唯卓氏曰："此地狭薄。吾闻
汶山之下，沃野，下有蹲鸱，至死不饥。民工于市，易
贾。"乃求远迁。

先民成功地化水害为水利之后，岷江中下游的平原
地区才有了"沃野"的美誉，而且很快传进了千里之外
赵国富商卓氏的耳朵。卓氏甚至听说了平原上盛产一种
芋头，其大无朋，就像一只只蹲着的猫头鹰，光凭此物
就能至死也不饿肚子。所以，后来有民谣这样吟唱：

大饥不饥，
蜀有蹲鸱。
大乱不乱，
蜀有广汉。

没离堆之前，这种蹲鸥或许就一直存在；水平野沃之后，应该是取得了丰收。不然，也不会蜚声外域。

离堆未凿前的岷山、岷江及其生态，粗约来说，大概就是如此这般。

紧接着"郫下每闻吾鱼叹"是这样两句——

李王堰右而检左，
沃野千里乐耕佃。

都江堰建成之后，平原上的农民种植稻谷不必设车戽水，自有堰水源源而来。诸葛亮《隆中对》所谓"沃野千里，天府之土"，可以毫不夸张地说全是都江堰之水灌溉出来的，诚如民国时期灌县征收局局长陈耀升所作联语所讲："万流归一汇，八百里青城沃野，都从太守得来"。

太守谓谁？下面会慢慢道来。

两汉篇　凿山穿江

蜀守冰——沫水

我很少使用"伟大"这个词，觉得很多东西都配不上它，但泽被千秋的都江堰例外！

与伟大的都江堰有关的最早的文字记录，无论传世文献，还是出土文献，现在我们所能看到的都没有早过汉代。

同样伟大的还有史学家司马迁（前135—？）。他

下编　天府之国

在《史记·河渠书》里曾高屋建瓴地写道：自从大禹治水，"九川既疏，九泽既洒，诸夏艾安，功施于三代"之后——

荥阳下引河东南为鸿沟，以通宋、郑、陈、蔡、曹、卫，与济、汝、淮、泗会。

于楚，西方则通渠汉水、云梦之野，东方则通鸿沟江、淮之间。

于吴，则通渠三江、五湖。

于齐，则通菑、济之间。

于蜀，蜀守冰凿离碓，辟沫水之害，穿二江成都之中。

此渠皆可行舟，有余则用溉浸，百姓飨其利。至于所过，往往引其水益用溉田畴之渠，以万亿计，然莫足数也。

西门豹引漳水溉邺，以富魏之河内。

而韩闻秦之好兴事，欲罢之，毋令东伐，及使水工郑国间说秦，令凿泾水自中山西邸瓠口为渠，并北山东注洛三百余里，欲以溉田。中作而觉，秦欲杀郑国。郑国曰："始臣为间，然渠成亦秦之利也。"秦以为然，卒使就渠。渠就，用注填阏之水，溉泽卤之地四万余顷，收皆亩一钟。于是关中为沃野，无凶年，秦以富强，卒并诸侯，因命曰"郑国渠"。

以时代先后论，李冰治水应在西门溉邺之后、郑国凿渠之前，《河渠书》（及《汉书·沟洫志》）为何却将他放在西门之前叙述呢？其实，很好理解，这只是修辞所需，以便"于楚……于吴……于齐……于蜀……"能组成排比句。蔡邕《京兆樊惠渠颂》（见《东汉文纪》卷二三）把李冰放在西门、郑国之后，也不以古今为序。

所谓"蜀守冰"，就是扬雄（前53—18）《蜀王本纪》之"蜀守李冰"。《蜀王本纪》还曾解释道："李冰以秦时为蜀守。"换言之，战国秦时的某一任蜀守是李冰。据青川出土的秦王政九年铜戈刻铭之"蜀守金"（或释"蜀守宣"）字样、涪陵出土的秦始皇廿六年铜戈刻铭之"蜀守武"字样及《史记·秦本纪》之"蜀守若"，"蜀守冰"显然是在袭用秦时的称谓。冯伉（954—1000）《移建离堆山伏龙观铭并序》（见《全蜀艺文志》卷四四）称引《河渠书》为"秦史《河渠》"，除了修辞所需（对偶上文之"夏书《禹贡》"），也旁敲侧击出"蜀守冰"一节的来源极有可能是某部秦史（或许就是司马迁读过的《秦记》）。

"守"是秦时官名，又称"太守"，云梦睡虎地秦简《封诊式·迁子》"今鋈丙足，令吏徒将传及恒书一封诣令史，可受代吏徒，以县次传诣成都，成都上恒书太守处，以律食"提及的成都太守就是蜀守。《水经注》、《艺文类聚》、《史记正义》引《风俗通》有"秦昭王使李冰为蜀守"等语，《太平御览》卷二六二作"秦昭王使李冰为蜀郡太守"，卷六八二作"秦昭王遣李冰为蜀郡太守"，卷八八二作"秦昭王伐蜀，令李冰为守"，卷八九九引同《水经注》《艺文类聚》《史记正义》，诸如此类，皆不误。

古代一度尊称男人，尤其是男人对外说话或写字的时候，姓与名不能连称，要称，就称氏与名（当然有例外，如伍员，字子胥，奔吴，吴予之申地，内容完全可能产生于先秦的江陵张家山竹书《盖庐》遂称其为"申胥"，则系并举封地与字）。比如周公姓姬，封于周，是周氏，应称"周旦"，而不能称"姬旦"，所以古书里叫作"周公旦"；又如秦昭王四十八年正月秦始皇生于赵都邯郸，是赵氏而嬴姓，北京大学藏西汉竹书《赵正书》谓之"秦王赵正"。或者单称名，如作于公元前 227 年的云梦睡虎地秦简《南郡守腾文书》之"南郡守腾"，就是秦王政时南郡太守的自称；张家山汉简《奏谳书》录有汉高祖时"南郡守强敢言之"云云，仍然是只于官职之后自称其单名。"蜀守冰"准此。

班固（32—92）《汉书·沟洫志》基本上照抄《河渠书》，而略有增改，例如改"蜀守冰"为"蜀守李冰"。于是这个蜀郡守比那位名腾的南郡守幸运不少，让我们轻轻松松通过正史永远地知道了他的姓——木子李。今有学者说："直到班固著《汉书》，才在'冰'字前加上'李'"。央视纪录片《蜀守冰》甚至说，后人通过东汉李冰石像上的铭文才知道他姓李。显然都不对，因为早于《汉书》的《蜀王本纪》先已如此。据《史记》称"张若"为"蜀守若"的情况来类推，现场踏勘过都江堰的司马迁绝对是知道"蜀守冰"全名为"李冰"的，只不过因沿用秦时官称而叙述秦史，故意不提罢了。

熹平三年（174）的《汉桂阳太守周府君颂》（年代依《金石录》卷一，碑名依卷十六。《隶释》卷四称之为《桂阳太守周憬功勋铭》）提到李冰，也称"蜀守冰"，可见《河渠书》不是孤例。

《白孔六帖》卷七、《御定渊鉴类函》卷三七所引《河渠书》异文相互之间又略有不同，但关键的两句均作"蜀守李冰凿离堆山，辟暴水之害"。与其说这是《河渠书》的不同版本，毋宁说是后人在添字改字以解释《史记》，就跟《河渠书》开头引《夏书》一样（并未逐字逐句引用《夏书》，而是选用了当时人们比较容易理解的一些字来代替《夏书》原文中的字）。"暴水"这个暴就是《说文·水部》的"瀑"，《说文》曰："瀑，疾雨也，一曰沫也。"疾雨后之洪水，即为暴水或沫水，"非江之外别有沫水也"（光绪《灌县乡土志·水》），也就是说，《河渠书》之"沫水"并非水名。作为水名，除《河渠书》《沟洫志》外，《史记》《汉书》其余各处所记沫水均指今之大渡河，《河渠书》《沟洫志》所述为岷江之事（自岷江左岸引水，通往成都的两条干渠，是为"二江"），故也不应再做水名解。

离堆——岷山

在《河渠书》的结尾部分，司马迁回忆道：

余南登庐山，观禹疏九江，遂至于会稽太湟，上姑苏，望五湖；东窥洛汭、大邳，迎河，行淮、泗、济、漯洛渠；西瞻蜀之岷山及离碓；北自龙门至于朔方。曰：甚哉，水之为利害也！

再次提及"离碓"，但这回将"离碓"进行了更准确的定位：中国之西→蜀→岷山→离碓。碓，"古堆字也"（裴骃《史记集解》引晋灼曰）。那为什么叫离堆呢？刘沅（1768—1855）《槐轩杂著》卷二《内江外江考》解释说："山足支出为陵，与山若不相属，故曰离崒。"崒，也是堆的异体字。直切地说，就是不与岷山相连接的孤山，故又叫离堆山；具体地说，远离今都江堰市玉垒山而独立之堆阜，故曰离堆。离堆在李冰将之凿离玉垒山之前，其实就是玉垒山的山足。在古人的概念中，岷山是很大的，北起今甘肃岷县，南至今四川青城山，绵亘千里，皆为岷山，或称"岷山山系"，玉垒山自然也包括在内。司马迁瞻望到的正是岷山之四川段，故曰蜀之岷山。

离堆，在古籍里有多种写法，光在汉代，就至少有三种：《河渠书》是一种（《古文苑》卷四扬雄《蜀都赋》的写法同于《河渠书》），《沟洫志》又是一种，《汉桂阳太守周府君颂》又是一种，虽然字异，但皆同音。也许，离堆本是古代巴蜀方言里的一个词，不同时代的外来人

士才会把这同一读音译写成不同的汉字，专指那些远离山脉本身而环峙于江河之中的巨石或小岛。因此，在巴蜀地区被称为"离堆"的地名竟然多至四十余处，但只有都江堰这座出于人工开凿，其余都是水流冲击、自然形成的。也只有都江堰这座最为知名，至今仍叫"离堆"。第二知名的离堆在乐山大佛旁，不过早已改称"乌尤山"了。

石犀——通天犀

李冰除了凿离堆，还做了一件意义深远的事情。那就是《蜀王本纪》说的：

> 江水为害，蜀守李冰作石犀五枚：二枚在府中，一在市桥下，二在渊中，以厌水精。因曰石犀里也。

这主要是一种巫术，杜甫《石犀行》称之为"厌胜法"。司马贞《史记索隐》引《广雅》曰："厌，镇也"。"厌胜"意即"厌而胜之"，系用法术诅咒或祈祷以达到镇压制胜所厌恶的人、物或魔怪的目的。我们现在过年贴春联，端午节挂艾蒿，原本也都是厌胜之术。

从字面便可明白，石犀的原型显然是某种犀。但为什么偏偏是犀，而不是其他动物呢？说来话长。

先读《战国策·楚策一》的如下章节——

> 张仪为秦破从连横，说楚王曰："秦地半天下，兵敌四国，被山带河，四塞以为固。虎贲之士百余万，车千乘，骑万匹，粟如丘山。法令既明，士卒安难乐死。主严以明，将知以武。虽无出兵甲，席卷常山之险，折天

下之脊，天下后服者先亡。……秦西有巴蜀，方船积粟，起于汶山，循江而下，至郢三千余里。舫船载卒，一舫载五十人与三月之粮，下水而浮，一日行三百余里；里数虽多，不费马汗之劳，不至十日而距扞关；扞关惊，则从竟陵已东，尽城守矣，黔中、巫郡非王之有已。……"

楚王曰："楚国僻陋，托东海之上；寡人年幼，不习国家之长计。今上客幸教以明制，寡人闻之，敬以国从。"乃遣使车百乘，献鸡骇之犀、夜光之璧于秦王。

"鸡骇之犀，当为骇鸡之犀"（王念孙《读书杂志·战国策第二》）。骇鸡犀又叫通天犀，《抱朴子·内篇·登涉》曾详述它的神奇曰：

得真通天犀角三寸以上，刻以为鱼，而衔之以入水，水常为人开，方三尺，可得炁息水中。又通天犀角有一赤理如綖，有自本彻末，以角盛米置群鸡中，鸡欲啄之，未至数寸，即惊却退。故南人或名通天犀为骇鸡犀。以此犀角著谷积上，百鸟不敢集。大雾重露之夜，以置中庭，终不沾濡也。此犀兽在深山中，晦冥之夕，其光正赫然如炬火也。以其角为叉导，毒药为汤，以此叉导搅之，皆生白沫涌起，则了无复毒势也。以搅无毒物，则无沫起也，故以是知之者也。若行异域有蛊毒之乡，每于他家饮食，则常先以犀搅之也。人有为毒箭所中欲死，以此犀叉刺疮中，其疮即沫出而愈也。通天犀所以能煞毒者，其为兽专食百草之有毒者及众木有刺棘者，不妄食柔滑之草木也。岁一解角于山中石间，人或得之，则须刻木色理形状，令如其角以代之，犀不能觉，后年辄更解角著其处也。他犀亦辟恶解毒耳，然不能如通天者之妙也。

楚王听了张仪（前373—前310）的巧言游说后，以表臣服之忧，向秦王献上骇鸡之犀，既与夜光璧并列，应该指的就是这种"真通天犀角"。在古人的观念中，此角不但能辟水骇鸟，还可辟恶解毒，真乃居家旅行必备之神器良药。特别是其分水的功能可谓深入人心，直到明万历年间刊本《金瓶梅词话》，在第三十一回里仍作古正经地描写道：

> 不是面奖，说是东京卫主老爷玉带金带空有，也没这条犀角带。这是水犀角，不是旱犀角。旱犀不值钱，水犀角号作通天犀。你不信，取一碗水，把犀角安放在水内，分水为两处。此为无价之宝。又，夜间燃火照千里，火光通宵不灭。

此段可参看《水浒全传》第二十四回王婆夸奖西门庆家里"也有犀牛头上角，亦有大象口中牙"云云。也许正因通天犀角能分水，故而又称其为水犀。这种犀及其工艺制品犀角带，白居易在诗中屡次提及，如《杂兴三首》之"带束通天犀"、《驯犀感为政之难终也》之"驯犀驯犀通天犀，躯貌骇人角骇鸡"、《寄献北都留守裴令公》之"通天白犀带"。

古蜀地，尤其是岷山一带，本就盛产犀牛。《山海经·中山经·中次九经》明确记载：

> 又东北三百里，曰岷山，江水出焉，东北流注于海，其中多良龟，多鼍。其上多金、玉，其下多白珉。其木多梅、棠，其兽多犀、象，多夔牛，其鸟多翰、鷩。

这许多犀里面应该就有通天犀。

依照顺势巫术的原则，通天犀既然能分水辟水，那么仿照它雕作的石犀自然也会产生同样的效力。正如弗雷泽《金枝》第四版第三章《交感巫术》所指出的："如果说一般的石头因其具有重量和坚硬等共性被认为具有一般的巫术效力，那么特殊的石头则以其具有特殊的形状或颜色等特性而被认为具有特殊的巫术效力。"石犀正是这样的"特殊的石头"，它所具有的"特殊的巫术效力"就是可以"辟暴水之害"，神话化的讲法即"以厌水精"（《蜀都赋》作"水螭"），说白了，就是能镇水防洪。

石牛——大石崇拜和犀牛崇拜

然而，作石犀又并非李冰的独创。

且看《蜀王本纪》的记叙：

开明帝下至五代，有开明尚，始去帝号，复称王也。

天为蜀王生五丁力士，能徙蜀山。王死，五丁辄立大石，长三丈，重千钧，号曰石笋，千人不能动，万人不能移。

蜀王据有巴蜀之地，本治广都樊乡，徙居成都。秦惠王遣张仪、司马错定蜀，因筑成都而县之。成都在赤里街，张若徙置少城内，始造府县寺舍，今与长安同制。

秦惠王时，蜀王不降秦，秦亦无道出于蜀。蜀王从万余人东猎褒谷，卒见秦惠王。秦王以金一笥遗蜀王，蜀王报以礼物。礼物尽化为土，秦王大怒，臣下皆再拜贺曰："土者，地也，秦当得蜀矣。"

《秦惠王本纪》曰：秦惠王欲伐蜀，乃刻五石牛，置金其后。蜀人见之，以为牛能大便金。牛下有养卒，以为此天牛也，能便金。蜀王以为然，即发卒千人，使五丁力士拖牛成道，致三枚于成都。秦道得通，石牛之力也。后遣丞相张仪等随石牛道伐蜀焉。

　　"天牛"一词，极易让我们联想到"通天犀"。综上所述，可见古蜀早就有制作大石、崇拜石牛的传统。石牛与石犀，有时可以等而视之，如《古今图书集成·神异典》卷五一引《江西通志》"清源庙"条云"旧传神姓李名冰，秦孝公时守蜀，作五石牛以压水怪"。惠王（前354—前311）先刻五石牛，李冰后作五石犀，显然都是秦人在顺应蜀人的习俗。前者主要是军事行为，后者主要是巫术行为，但都巧妙地利用了蜀地的大石崇拜和犀牛崇拜。对这两种信仰的记述，若嫌《蜀王本纪》写得还不够清楚，请参《华阳国志·蜀志》的扩充版——

　　九世有开明帝，始立宗庙，以酒曰醴，乐曰荆，人尚赤，帝称王。时蜀有五丁力士，能移山，举万钧。每王薨，辄立大石，长三丈，重千钧，为墓志，今石笋是也，号曰笋里。未有谥列，但以五色为主，故其庙称青、赤、黑、黄、白帝也。开明王自梦廓移，乃徙治成都。

　　周显王之世，蜀王有褒、汉之地。因猎谷中，与秦惠王遇。惠王以金一笥遗蜀王，王报珍玩之物。物化为土，惠王怒，群臣贺曰："天奉我矣，王将得蜀土地。"惠王喜，乃作石牛五头，朝泻金其后，曰"牛便金"，有养卒百人。蜀人悦之，使使请石牛。惠王许之。乃遣五丁迎石牛。既不便金，怒，遣还之，乃嘲秦人曰"东方牧犊儿"。秦人笑之曰："吾虽牧犊，当得蜀也。"

　　武都有一丈夫化为女子，美而艳，盖山精也，蜀王纳为妃。不习水土，欲去。王必留之，乃为《东平之歌》以乐之。无几，物故。蜀王哀之，乃遣五丁之武都担土为妃作冢，盖地数亩，高七丈，上有石镜，今成都北角武担是也。后王悲悼，作《臾邪歌》《陇归之曲》。其亲埋作冢者，皆立方石以志其墓。成都县内有一方折石，围可六尺，长三丈许。去城北六十里曰毗桥，亦有一折石，亦如之。长老传言，丁士担土担也。公孙述时，武担石折，故治中从事任文公叹曰："噫，西方智士死，吾其应之！"岁中卒。

周显王三十二年，蜀使使朝秦。秦惠王数以美女进，蜀王感之，故朝焉。惠王知蜀王好色，许嫁五女于蜀，蜀遣五丁迎之。还到梓潼，见一大蛇入穴中。一人揽其尾掣之，不禁，至五人相助，大呼拽蛇，山崩，时压杀五人及秦五女并将从，而山分为五岭，直顶上有平石。蜀王痛伤，乃登之，因命曰"五妇冢山"；于平石上为望妇堠，作思妻台。今其山或名五丁冢。

最末这段即李白名诗《蜀道难》"地崩山摧壮士死，然后天梯石栈相钩连"一句的本事。"五丁"也许就是蜀王御用的五个石工头（吴敬恒《五丁诠实》），所以各种大石遗迹都与他们有关，不仅仅是石牛。大石遗迹如此之多，也恰好证明了古蜀的大石崇拜之普遍、之深入人心。

故蜀郡李府君讳冰——三石人——湔水

1974 年，都江堰枢纽工程新建外江水闸，将原安澜桥下移到现在的位置。3 月 3 日，在外江三号桥基河床下挖出了建宁元年（168）李冰石像一座，高近 3 米。其衣襟中间有隶书铭文一行，可隶定为——

故蜀郡李府君讳冰

左右袍袖上各有隶书铭文一行，可隶定为——

建宁元年闰月戊申朔廿五日都水掾

尹龙长陈壹造三神石人珍水万世焉

其中"府君"一词，近人或以为是"对神的敬称"，显然不对；或以为是"秦汉人对郡守的俗称或尊称"，也不准确。诸如此类，反不如顾炎武的说法——"汉时太守之称"（《日知录》卷二十四）来得靠谱。但谨慎起见，我觉得将其暂且定义为"东汉人对各郡太守的尊称"肯定是不会错的。下面姑且举一些"二重证据"以证明之。

先来看同样是建宁元年（168）的《汉故卫尉卿衡府君之碑》，开篇即云："府君讳方"，与"府君讳冰"乃同一格式。东汉衡方曾任右北平郡太守、颍川郡太守、卫尉卿，所以碑文称之为"汉故卫尉卿衡府君"。同理，对曾被表授为巴郡太守的樊敏也可称"樊府君"，见建安十年的《汉故领校巴郡太守樊府君碑》。孙诒让《籀庼述林》卷八《汉仙人唐公房碑跋》讲得最为直接：

> 唐君，成固人，《汉书·地理志》成固属汉中郡；碑云"王莽居摄二年，君为郡吏"，即为汉中郡吏也。又云："是时，府在西成，去家七百余里，休谒往来，转景即至，阖郡惊焉。白之府君，徙为郡吏。"府谓郡府，府君即太守也。

再来对比传世的纸质文献。《后汉书》朱晖称南阳郡太守阮况、高获称汝南郡太守鲍昱、华佗称广陵郡太守陈登、邛都夷人称越巂太守张翕皆曰"府君"。建安年间的《古诗为焦仲卿妻作》亦称庐江郡太守为"府君"。《世说新语·德行》亦称豫章郡太守（东汉陈蕃）为"府君"。

综上可知，"故蜀郡李府君讳冰"无疑是东汉人对李冰的追称和尊称。

这李冰石像显然就是都水掾尹龙长、陈壹所造"三神石人"之一，而且是其中最尊贵的一位，故有详细的铭文。另两尊或为李冰的从吏（如"主簿"等），1975年在距李冰石像出土处37米的地点出土的较小的残缺持锸石人当即其一，其上原本也许只有职称、名字等简单铭文，也许并无任何铭文。

但造三石人并不始于东汉。

《华阳国志·蜀志》明确记录战国时期李冰曾"于玉女房下白沙邮作三石人，立三水中，与江神要：'水竭不至足，盛不没肩'"。尹龙长、陈壹显然是在模仿此举，到东汉时，李冰所作的三石人大概已被大水冲走了，所以才有了建宁元年（168）的重造。搞不好这样的重造还不止一次两次呢。因此，今人能有幸看到不止三尊（截至2014年，都江堰已出土包括李冰像在内的五个石人），也就毫不意外了。

为什么要造三石人呢？

石像铭文说得再清楚不过了——"玪水"。玪，后世写作"珍"，读若"镇"（杜子春云："珍当作镇"；《字汇补》亦读"珍"作"镇"）。玪水即镇水，也就是厌水。换言之，三石人的功能，跟五石犀的一模一样。

驱自行之势——北江堋——鄨

崔寔（103？—170？）《政论》云："蜀郡李冰凿离堆，通二江，益部至今赖之。"虽然含蓄地肯定了李冰的功劳，口径却与《河渠书》一致，只是略去了官称。

蔡邕（133—192）《京兆樊惠渠颂》没有直接点明李冰、西门豹等人修建的水利工程，但高屋建瓴地指出了它们的基本原理——

明哲君子，创业农事，因高卑之宜，驱自行之势，以尽水利，而富国饶人，自古有焉。若夫西门起邺，郑国行秦，李冰在蜀，信臣治穰，皆此道也。

好个"因高卑之宜，驱自行之势"，真是言简意赅、一语道破玄机！

199年的《建安四年正月中旬故监北江堋太守守史郭择赵汜碑》刊刻了"堰"这个概念，用的是"鄢"这个异体字。当时当地称都江堰为"北江堋"（北江即二江之一，今称内江），蜀人谓堰为堋，又写作"埘"，所以碑文中还有"堋鄢"一词。"鄢"又可把"阝"写在"焉"的左边，如被杨慎《金石古文》卷三冠名为《秦蜀守李冰湔埘堰官碑》的碑文用的就是这个"鄢"的别体，我颇怀疑这碑也是东汉人的刻石，而非什么"李冰所为"。在《丹铅总录》卷十七、《丹铅摘录》卷五中，碑文又略有不同，但字体杨慎都说是"八分书"，八分书乃东汉书法家王次仲所创，刚巧旁证了我的质疑。

秦昭王使李冰为蜀守——秦孝文王以李冰为蜀守

张守节《史记正义》注《河渠书》"穿二江成都之中"时引了一节《风俗通》云：

秦昭王使李冰为蜀守，开成都县两江，溉田万顷。

神须取女二人以为妇，冰自以女与神为婚，径至祠，劝神酒，酒杯澹澹，因厉声责之，因忽不见。良久，有两苍牛斗于江岸，有间，辄还，流汗谓官属曰："吾斗疲极，不当相助耶？南向腰中正白者，我绶也。"主簿刺杀北面者，江神遂死。

这些文字并不见于今本《风俗通》，却被历代群书转引，相互之间且有详有略（以下我们视为同条）。有趣的是，《风俗通》的作者应劭也是一位郡守——东汉泰山郡守，他逝世于建安九年（204）之前。《风俗通》第一次提出了李冰为蜀守的大致年代：秦昭王时。我们还可进一步推定为公元前306至公元前251年间，也就是秦昭王的在位时段。

　　今有学者认为，"秦昭王使李冰为蜀守"之说与张若在秦昭王三十年（前277）离蜀担任黔中郡守之说适相吻合。李冰从公元前277年起任蜀郡守，下限可定在那位名叫金的任蜀郡守之前，即李冰治蜀的具体年代当在昭王三十年（前277）至始皇九年（前238）之间。但我们要知道，1987年在青川发现秦始皇九年戈，其铭文仅仅只能表明秦始皇九年这一载的蜀守是金，并不能证明秦始皇九年之前的蜀守不是金，亦不能证明张若与某金之间只有李冰这一任蜀守（参看本书《"蜀守冰"之前的"蜀守斯离"被考古发现》一篇）。

　　当然，"秦昭王使李冰为蜀守"并不是唯一的说法[1]。354年前后编撰的地方志《华阳国志》称："周灭后，秦孝文王以李冰为蜀守。"又有学者据此和云梦秦简《编年纪》的有关记载考证、推测出李冰被任命为蜀守之年极有可能就在公元前251年后九月秦昭王卒后至公元前250年十月己亥日秦孝文王在位的这一年多时间里，并强调"秦孝文王在位时间的长短，并不能成为他是否任命了李冰为蜀守的充分必要的证据"。

　　总之，"秦昭王使李冰为蜀守""秦孝文王以李冰为蜀守"二说均未言明其资料来源，孰是孰非，在没有更为可靠的证据以前，实难判定。

---

　　[1]《古今图书集成·神异典》卷五一引《江西通志》"清源庙"条云"旧传神姓李名冰，秦孝公时守蜀"，《成都城坊古迹考（修订版）·城垣篇》第一章第一节云"李冰于秦庄襄王时（公元前249—前247年）穿郫江、流江（即检江）于成都"，此二说晚起，恐系误记，可忽略不计。

牛形李冰——牛形江神——斗犀

最早摘录李冰斗江神故事的是《水经注·江水》。它在引用了扬雄《蜀都赋》之后，接着引《风俗通》曰——

秦昭王使李冰为蜀守，开成都两江，溉田万顷。

江神岁取童女二人为妇，冰以其女与神为婚，径至神祠，劝神酒，酒杯恒澹澹，冰厉声以责之，因忽不见。良久，有两牛斗于江岸旁，有间，冰还，流汗，谓官属曰："吾斗大亟，当相助也。南向腰中正白者，我绶也。"主簿刺杀北面者，江神遂死。蜀人慕其气决，凡壮健者，因名"冰儿"也。

这比《史记正义》所引要稍微详细一点，已算一个首尾完备的民间故事了。

把江水神格化，西汉就开始了，前引扬雄所谓"水精"即是。在《蜀都赋》里，更具象化了——"水螭"。螭字从虫，可见是一种动物。司马相如（约前179—前118）《上林赋》有"蛟龙赤螭"云云，文颖曰"龙子为螭"，张揖曰"赤螭，雌龙也"，许慎曰"螭，若龙而黄，北方谓之地蝼。……或云无角曰螭"。不管怎么解释，反正是一种龙就对了。卢求《成都记》"李冰为蜀郡守，有蛟岁暴，漂垫相望。冰乃入水戮蛟，已为牛形。江神龙跃……""作石犀五，以压毒蛟"及王徽《创筑罗城记》"李冰为守，始凿二江以导舟楫，决渠以张地利，斩蛟以绝水害"云云，未必不本乎此。

到了东汉，江神摇身一变，成了一种牛。这也许是蜀人的口头创造，后被应劭采入书中，亦未可知。至于是什么牛，我们不得而知。1991年版《灌县志》说今天玉垒山上的"斗犀台"就是据《水经注·江水》所引《风俗通》这个传说而得名。观《史记正义》所引，我们可以知道两牛的颜色为"苍"色，这也正好是犀的肤色。所以，我们假定说两牛都是犀，也并非空穴来风。

在《蜀王本纪》里，李冰还是人，曾作石犀，以镇压水精。

逮至《风俗通》，李冰却成了神，可以直接变身为犀牛，去斗杀江神。这种神化，跟东汉官方造有李冰石像，并称其为"神石人"，倒是正可对应。

相同之处是："水精"或"江神"都不过为"水灾"（见《太平御览》卷六八二引《风俗通》同条）的同义隐语，故佚名《蜀记》称李冰作三石人"以厌水灾"。

江神死，就等于是说水灾消除，故《北堂书钞》卷一五六引《风俗通》同条于"冰遂刺杀江神"后尚有"无复水旱之灾"一句，而《太平御览》卷八八二引同条于"江神死"后也有"后无复患"一句。

如果说《蜀王本纪》云云是正史，那么《风俗通》云云就是野史。从《蜀王本纪》到《风俗通》，从历史到传说，从简略到详细，李冰在人们心目中的地位显而易见是越来越高了，他既是人，又是神。

李冰的伯乐是谁——第一座李冰祠

孔广陶校注本《北堂书钞》卷七四引《风俗通》曰——

秦昭王听田贵之议，以李冰为蜀守，开成都两江，造兴溉田万顷以上。始皇得其利，以并天下，立其祠也。

同书卷一五六却引作——

秦昭王得田广之议，伐蜀郡；平之后，命李冰为守，开成都两江，兴迪溉田万顷以上。到秋收，阅数百千里。而水有神，籍为民害，冰遂刺杀江神，无复水旱之灾，岁常丰熟。

田贵，田广，显然是同一人，生平事迹不详，但据前条，他俨然就是李冰的伯乐，甚至是蜀民的大恩人。没有田氏的建议，秦国不会早早统治蜀地；没有田氏的建议，就没有都江堰。没有都江堰，蜀郡就不会岁常丰熟；没有都江堰，秦始皇甚至不能顺利地兼并天下。然"田贵"或"田广"，别处皆无记载。下文所谓"田万顷以上"，不正是"田广"的意思吗？因此，我们有理由怀疑，他只是《风俗通》虚构的一个人物，正如"冰遂刺杀江神"云云，也是超现实的笔调。推而广之，"秦昭王听田贵之议，以李冰为蜀守"的真实性也值得怀疑。

李冰入蜀为守时，张仪已死。刘沅（1767—1855）却说"秦平蜀之后，张仪荐公为蜀守。公本无宦情，因蜀地荒凉，乃应召受职"，显然已是小说家言，不值一驳。清乾隆五十一年（1786）举人陈怀仁《川主三神合传》写得更加离谱："秦始皇三十六年，蜀郡守连章告（水灾），始皇下章议。巴东涉正荐公曰：'臣同郡李冰，学道人也，精习乃祖八百仙翁遗术，识水利，有奇勇。其子二郎，家学继承，神力罕匹。诚使李冰守蜀，命二郎佐父，父子协济，足制毒龙，江患不足平也。'始皇乃以公为蜀郡守。"诸如此类，亦可当作野谈，不足为据。

所谓开成都两江，其实就是建都江堰，只不过这个都江堰还是"初版"，后来历经"修订"，才有了今天的

三星堆

神话诞生之地

都江堰。即便是"初版"，其功效也立竿见影、非同小可，近者使蜀中百姓得到饮食之利，远者使秦国君王得到政治之利。

也因此，秦始皇竟为李冰"立其祠"，这也是最早纪念李冰的仪式性建筑，可谓后世"川主寺""二王庙"等等之祖构。首座李冰祠的落成，无形有意之中，也加快了对李冰的神化进程。可以推想，这座李冰祠就修在滔滔岷江之畔，里面供奉着类似东汉李冰石像那样伟岸的偶像。但我们又不禁要问，司马迁当初西瞻蜀之岷山及离碓，怎么没看见这座祠呢？抑或看见了，却没记载下来，难不成等他来时，这座祠已毁于一旦？

倘若"始皇得其利，以并天下，立其祠也"与《史记·封禅书》《汉书·郊祀志上》之"江水，祠蜀"为同一事，则其祠非为李冰而立，司马迁入蜀时也完全可以看见这座江水祠。那么，第一座李冰专祠的建立就当晚于司马迁入蜀之后，所以他无法预先记载。

汉时李冰有封号吗——儿冠父戴

从上到下，从官方到民间，最迟在后汉，李冰就被尊为神了。上述《风俗通》和李冰石像（石像底部有一残长 18 厘米的方榫头，显然原是安放在一底座之方形凹孔内。有起"间离效果"的基座烘托，不一定置于庙宇殿堂之上，但必为高于凡尘之偶像无疑）即是其颠扑不破的二重证据。按理说，当政者此时再为李冰加个谥号或封号什么的似乎也是题中应有之事，说白了，不过送一顺水人情而已，但两汉载籍毫无记录，两汉之后的各书亦无追补。

直至清代，始有"当宁封公昭应公，汉封大安王"

（嘉庆《什邡县志》）、"敕封昭应公，五代蜀加封大安王""封昭应公，至五代后蜀加封大安王""敕封昭应公，季汉时加封大安王"（光绪《增修灌县志》）诸说，不知何所据而言，疑为误传或杜撰。据高承《事物纪原》卷七"伪蜀封大安王，孟昶又号应圣灵感王"云云，知"大安王"之封始于五代前蜀，而非汉、季汉（三国蜀汉）、后蜀，当然更不是今人称引的后汉。查《宋会要辑稿·礼二一·岳渎诸庙·世济庙》"秦蜀郡守李冰长子昭应显灵公，淳熙二年七月加封昭应灵显宣惠公，十年九月加封昭应显灵宣惠广佑公"云云，"昭应公"很显然是宋朝对李冰长子所加的诸多封号之主干部分，被后人错扣在了李冰头上，真可谓儿冠父戴。

六朝篇　沟洫脉散

观阪——金堤

历史上第一位视察都江堰工程的皇朝君主是三国时期蜀汉后主刘禅（207—271），他也是继司马迁之后第二位见载于正史的亲临都江堰、重视水利事业的重要历史人物。《三国志·蜀书·后主传》明确记录："十四年夏四月，后主至湔，登观阪，看汶水之流，旬日还成都。"《资治通鉴》卷七三基本照抄此句。裴松之（372—451）案："湔，县名也"。三国蜀汉后期，改湔县为都安县。胡三省注："湔，即汉之湔氐道，属蜀郡。汶水，即岷江水也。岷江出氐道西徼外岷山，东流历都安县。沈约曰：县，蜀所立。《水经注》曰：都安县有桃关，蜀守李冰作大堰于此，谓之湔堋，亦曰湔堰，观阪在其上。"十四年指建兴十四年，即 236 年。是年初夏，刘禅到湔县视察了十天。观阪，一作"观坂"，就是都江堰之离堆（对观阪不同的定位见嘉庆《汶志纪略》卷四"茅亭"条）。湔堋之"堋"，即《建安四年正月中旬故监北江堋太守守史郭择赵氾碑》之"堋"。

继扬雄之后，左思（约 250—约 305）也写有《蜀都赋》。所不同的是，左思没到过蜀地，但花了很长的时间来收集相关材料。该赋经刘逵注释后，保存了许多古代第一手资料。自古即有人认为，此注实为左思本人所撰，而托名刘逵以自高。其赋曰："夫蜀都者，盖兆基于上世，开国于中古。……带二江之双流，抗峨眉之重阻。……孔翠群翔，犀象竞驰。……于西则右挟岷山，涌渎发川。……沟洫脉散，疆里绮错。黍稷油油，秔稻莫莫。指渠口以为云门，洒滮池而为陆泽。……家有盐泉之井，户有橘柚之园。……西逾金堤，东越玉津。……出彭门之阙，驰九折之坂。"节选、胪列其相关的注如下——

（扬雄《蜀王本纪》曰：秦）惠王二十七年，使张若与张仪筑成都城。其后置蜀郡，以李冰为守。《地理志》曰：蜀守李冰凿离堆，穿两江，为人开田，百姓飨其利。是时蜀人始通中国，言语颇与华同，故言"开国于中古"也。

江水出岷山，分为二江，经成都南，东流经之，故曰"带"也。

李冰于湔山下造大堋，以壅江水，分散其流，溉灌平地，故曰"指渠口以为云门"也。

金堤在岷山都安县西，堤有左右口，当成都西也。

岷山都安县有两山，相对立如阙，号曰彭门。

"犀象竞驰"比"多犀、象"（《山海经·中山经》"岷山……其兽多犀、象"）、"马犀象僰"（扬雄《蜀都赋》）、"有犀、象之饶"（《华阳国志·蜀志》"其宝则有……鼍、犀、象……之饶"）云云更生动而写实。金堤是就都江堰的价值而言，"堤有左右口"即《水经注·江水》之"堋有左右口"。彭门，是沿用扬雄《蜀都赋》的叫法，也就是《蜀王本纪》之"天彭门"、任豫《益州记》之"天彭谷"，亦称"天彭阙""天彭"，指都江堰渠首上边的左右二山。

李冰事迹大爆发——"湔堰"外的其他工程

在传承都江堰历史（包括传说。传说也是一种变相的历史）的古代作家群中，有两个蜀人值得我们重点关注、热情赞誉。第一个是郫县的扬雄，另一个是崇州的常璩。毗邻都江堰市的郫县、崇州自古以来就都属于都江堰灌区，扬、常二人都是喝都江堰水长大的（民国《灌县志》卷一《舆地书》甚至说常的"废宅在治南三十里"，即今都江堰市境内），近水楼台，他们无疑耳闻目睹了很多与李冰、都江堰相关的物事（包括档案、图籍之类），时机成熟之后，他们用笔记录，用书反哺，也在情理之中。上章对二人的代表作《蜀王本纪》《蜀都赋》《蜀志》已随文做了撮要引述，下面再来系统地读读《蜀志》中牵涉李冰的所有段落——

周灭后，秦孝文王以李冰为蜀守。

冰能知天文地理，谓汶山为天彭门；乃至湔氐县，见两山对如阙，因号天彭阙。仿佛若见神，遂从水上立祀三所，祭用三牲、珪璧沉濆。汉兴，数使使者祭之。

冰乃壅江作堋，穿郫江、检江，别支流双过郡下，以行舟船。岷山多梓、柏、大竹，颓随水流，坐致材木，功省用饶；又溉灌三郡，开稻田。于是蜀沃野千里，号为"陆海"。旱则引水浸润，雨则杜塞水门，故记曰："水旱从人，不知饥馑，时无荒年，天下谓之'天府'也。"

外作石犀五头以厌水精；穿石犀溪于江南，命曰犀牛里。后转置犀牛二头：一在府市市桥门，今所谓石牛门是也；一在渊中。

乃自湔堰上分穿羊摩江，灌江西。于玉女房下白沙邮作三石人，立三水中，与江神要："水竭不至足，盛不没肩。"

以上在都江堰境内或与都江堰工程直接相关，值得特别注意。接下来是在四川各地——

时青衣有沫水出蒙山下，伏行地中，会江南安，触山胁溷崖，水脉漂疾，破害舟船，历代患之。冰发卒凿平溷崖，通正水道。或曰：冰凿崖时，水神怒，冰乃操刀入水中与神斗，迄今蒙福。（参看下文："南安县，郡东四百里，治青衣江会。县溉有名滩，一曰雷垣，二曰盐，概李冰所平也。"）

僰道有故蜀王兵兰，亦有神作大滩江中。其崖崭峻不可凿，乃积薪烧之，故其处悬崖有赤白五色。（参看下文："僰道县，在南安东四百里，距郡百里，高后六年城之。治马湖江会，水通越巂。本有僰人，故《秦纪》言僰童之富，汉民多，渐斥徒之。有荔芰、姜、蒟。滨江有兵兰，李冰所烧之崖有五色赤白"。）

冰又通笮道文井江，径临邛，与蒙溪分水白木江会武阳天社山下，合江。又导洛通山洛水，或出瀑口，经什邡，与郫别江会新都大渡。又有绵水，出紫岩山，经绵竹入洛，东流过资中，会江阳。皆溉灌稻田，膏润稼穑。是以蜀川人称郫、繁曰"膏腴"，绵、洛为"浸沃"也。

又识察水脉，穿广都盐井、诸陂池，蜀于是盛有养生之饶焉。

......

州治太城，郡治少城。西南两江有七桥：直西门郫江中冲治桥；西南石牛门曰市桥，下，石犀所潜渊也；城南曰江桥；南渡流曰万里桥；西上曰夷里桥，亦曰笮桥；从冲治桥西北折曰长升桥；郫江上西有永平桥。长老传言：李冰造七桥，上应七星。

按《蜀志》的记叙顺序，壅江作堋之前，李冰在岷江有"见神"之事，最早载于《蜀王本纪》。其文曰："李冰以秦时为蜀守，谓汶山为天彭阙，号曰天彭门，云亡者悉过其中，鬼神精灵数见。"但没有"遂从水上立祀三所，祭用三牲、珪璧沉濆"一节。据"汉兴，数使使者祭之"，《史记·封禅书》"自华以西，名山七，名川四。……渎山，蜀之汶山。……江水，祠蜀。亦春秋泮涸祷塞，如东方名山川，而牲牛犊牢具珪币各异"与《史记索隐》引《汉旧仪》"祭四渎用三正牲、沈圭"云云，知李冰未治江水，先祀江神——他在都江堰上游建立了三所江神祠，并用牛、羊、猪和珪、璧沈祭之，可谓郑重其事，而汉代延续了这套旧仪（至宣帝时才改在江苏江都）。沈祭，就是甲骨卜辞"求年于河，寮三牢，沉三牛"之"沉"。考究其字形，"沉"正是把牛或羊沉入川中的象形。周代以后，沉祭仍很盛行。《周礼·春官宗伯第三·大宗伯》谓："以貍、沈祭山川林泽。"《仪礼·觐礼》也说："祭川，沈。"沈乃是一种祭祀川泽之礼，今"都江堰清明放水节"依然在沿用。

"故记，古书也"（《吕氏春秋·仲冬纪·至忠》高诱注）。《蜀志》中牵涉李冰的这些段落恐怕很多都来自《华阳国志》之前的古书（跟现在的书的概念不大一样，有时单篇别行也算一册），譬如我们已知的《蜀王本纪》；另如"沃野千里""陆海""天府"诸词，也都源出《战国策》《汉书》等古书。

"湔堰"乃是"北江堋"之后对都江堰的又一称呼。于湔氐县（即湔县，后称灌县，今都江堰市）境内壅江作堋，故曰湔堰。

李冰作石犀五头，后转置二头到成都：一在市桥门，一在渊中。另外三头呢？当然就留在湔堰一带，杜甫《石犀行》诗"灌口""修筑隄防""高拥木石"诸语可旁证。只可惜诗圣来晚一步，唐时那三头已经"缺讹只与长川逝"，消失得无影无踪了。

白沙邮约在今都江堰市白沙街，当白沙河与岷江汇合之处，位于成都至岷江上游地区的出入口，故置邮，也就是驿站。作石犀是为了厌水精，立石人却是作"水则"之用，以监测水位：水竭则不露其足，水盛则不没其肩。《金石古文》引"水竭不至足，盛不没肩"为"竭不至足，盛不没腰"，并称之为《秦蜀守李冰誓江神碑》，显系后世托古。秦时只有石人，而无石碑。

"时青衣有沫水出蒙山下，伏行地中，会江南安，触山胁溷崖，水脉漂疾，破害舟船，历代患之。冰发卒凿平溷崖，通正水道。或曰：冰凿崖时，水神怒，冰乃操刀入水中与神斗，迄今蒙福。"这些都发生在南安县（后称嘉州，今乐山）地区，主要是今凌云山、乌尤山一带。有人认为"凿平溷崖"就是《史记》《汉书》所谓"凿离堆"，说若离堆在灌县，"避沫水之害"一语便无法解释。此全因他不晓得《白孔六帖》《御定渊鉴类函》均引作"辟暴水之害"，或者故意视而不见，亦未可知。1955年4月，郭沫若来都江堰参观游览，经过反复勘察、反复论证，最后写下了这样一段话，今标点如下："李冰掘离堆，凿盐井，不仅嘉惠蜀人，实为中国二千数百年前卓越之工程技术专家。离堆所在，或以为乃嘉州乌尤山。余嘉州人也，今全此观宝瓶口犹余斧凿痕，谓在嘉州者乃妄说耳。"其实，王象之（1163—1230）早就说过："今嘉州之离堆，乃天然孤立"，而都江堰之离堆，"乃秦太守凿山为二，中为大渠，引水灌成都，以通堰水"（《舆地纪胜》卷一四六）。

"其崖崭峻不可凿，乃积薪烧之"虽不在湔堰，却可以补充"凿离堆"的细节：利用热胀冷缩的原理，先积薪烧崖，然后泼水其上，山石炸裂，再用铁制工具[②]开凿。

"笮道"与上文"僰道"一样，也是地名。宜宾赤岩山一带为僰人所居，故名僰道；文井江源头一带为笮人所居，故名笮道。

"穿广都盐井"，即郭沫若所谓"凿盐井"。

益州治所在成都之太城，蜀郡治所在成都之少城。太城、少城均在今成都市区。少城南面有三个门，最西的就是"石牛门"，即"市桥门"。而"市桥"正对市桥门，桥下的"石犀渊"跟"石犀里"大致都在今成都西胜街一带。1913 年在西胜街西侧同仁路处掘出一石犀，与原在石犀寺（今成都市第二十八中学）内者东西并列，应该就是"一在府市市桥门，一在渊中"的那二头。

综上所述，李冰守蜀治蜀，不仅各处流芳嘉惠蜀人，实为中国两千数百年前卓越之工程技术专家，都江堰只是其代表作而已。

二江——两部《益州记》

《史记正义》注"穿二江成都之中"时还引了一句

---

② 春秋时期，已能炼出液态的铸铁，陕西凤翔三畤原秦景公墓出土铁器 20 多件，有铲、臿、环、削等物，多系铸铁制成，详参《左传·昭公二十九年》"一鼓铁"一节、陈洪《从出土实物看秦国铁农具的生产制造及管理》、杨宽《中国古代冶铁技术发展史（外三种）》第一章"从出土的早期铁器来考察"一节及第 232 页、孙机《汉代物质文化资料图说（增订本）》第 49 页、彭华《燕国八百年》第 153 页；战国时期，铁器之使用更为普遍，详参张昌平《关于擂鼓墩墓群》、郑绍宗《热河兴隆发现的战国生产工具铁范》、《中国古代冶铁技术发展史（外三种）》第五章"战国时代化铁炉及铸造铁器技术"一节、逢振镐《山东古国与姓氏》第 656 页、《燕国八百年》第 146—148 页及第 154—156 页、张子高《中国化学史稿（古代之部）》第 33—40 页、王玉仓《科学技术史》第 39—40 页。

"任豫《益州记》云"：

> 二江者，郫江、流江也。

《华阳国志·蜀志》记为"郫江、检江"。郫江，就是今天的柏条河。流江，检江，名二实一，就是今天的走马河。那么，郫江也应该有别名，《初学记》卷六《江第四·叙事》引任豫《益州记》即云：

> 郫江，大江之支流也。亦曰涪江，亦曰湔水，在蜀与洛水合。

其实，流江也是大江之支流。

不啻此也，在引《益州记》之前，《史记正义》首先引了《括地志》，其中又提到其他名称：

> 大江一名汶江，一名管桥水，一名清江，亦名水江，西南自温江县界流来。
>
> 郫江一名成都江，一名市桥江，亦名中日江，亦曰内江，西北自新繁县界流来。

汶江即岷江。管桥水，当为笮桥水之讹；清江，当为流江之讹；水江，当为外江之讹。中日江，当为永平江之讹。这里的内江、外江跟现在的内江、外江不是同一概念，古人以距离成都城较远的一支为外，较近的一支为内。

与南朝宋任豫（一作"任预"，尝任太尉参军，为蜀人或长期客居蜀地）一样，南朝梁李膺（字公胤，曾任益州主簿，为蜀之广汉人）也著有《益州记》。《太平寰宇记》卷七二引其文云——

市北有石牛，李冰所立。

此市指成都。此石牛，当系"石犀五枚"之一。《太平寰宇记》卷七三又引其文云——

清水路西七里灌口，古所谓天彭阙。两石对立如阙，号曰天彭。

清水路，当为湔水路之讹。灌口，即今都江堰之宝瓶口。此以离堆两岸对立如阙，号曰天彭阙，不妥。因为如果离堆山是天然如阙的，就没有人工加以"凿"或"珍绝"（《汉桂阳太守周府君颂》）之必要了。

湔堋——都安堰——"堰官"的提出

《华阳国志·蜀志》的影响极为深远，最明显的莫过于郦道元（466—527）《水经注》卷三三《江水》——

秦昭王以李冰为蜀守。
冰见氐道县有天彭山，两山相对，其形如阙，谓之天彭门，亦曰天彭阙。
……
汶出徼外岷山西玉轮坂下而南行，又东迳其县而东注于大江。故苏代告楚曰"蜀地之甲，浮船于汶，乘夏水而下江，五日而至郢"，谓是水也。
……
江水又历都安县。县有桃关、汉武帝祠。李冰作大堰于此，壅江作堋。堋有左、右口，谓之湔堋，江入郫江、捡江以行舟。《益州记》曰："江至都安，堰其右，捡其左，其正流遂东，郫江之右也。因山颓水，坐致竹木，以溉诸郡。"又穿羊摩江、灌江，西于玉女房下白沙邮，作三石人，立水中，刻要江神："水竭不至足，盛不没肩。"是以蜀人旱则藉以为溉，雨则不过其流。故记曰："水旱从人，不知饥馑，沃野千里，世号'陆海'，谓之'天府'也。"邮在堰上。俗谓之都安大堰，亦曰湔堰，又谓之金堤，左思《蜀都赋》云"西逾金堤"者也。

诸葛亮北征，以此堰农本，国之所资，以征丁千二百人主护之，有堰官。益州刺史皇甫晏至都安，屯观坂。

......

秦惠王二十七年，遣张仪与司马错等灭蜀，遂置蜀郡焉。王莽改之曰导江也。仪筑成都，以象咸阳。......西南两江有七桥，直西门郫江上曰冲治桥，西南石牛门曰市桥，吴汉入蜀，自广都令轻骑先往焚之。桥下谓之石犀渊。李冰昔作石犀五头以厌水精，穿石犀渠于南江，命之曰犀牛里。后转犀牛二头：一头在府市市桥门，一头沈之于渊也。

......

李冰识察水脉，穿县盐井；江西有望川原，凿山崖度水，结诸陂池，故盛养生之饶，即南江也。

......

李冰沿水造桥，上应七宿。

......

江水又与文井江会，李冰所导也。

......

悬溉有滩，名垒坻，亦曰盐溉，李冰所平也。

......

县有蜀王兵兰，其神作大难江中。崖峻阻险，不可穿凿，李冰乃积薪烧之，故其处悬崖犹有五色焉。

......

常璩云：李冰导洛通山水，流发瀑口，迳什邡县。

苏代告楚曰"蜀地之甲，浮船于汶，乘夏水而下江，五日而至郢"见《战国策·燕二》，原文作"蜀地之甲，轻舟浮于汶，乘夏水而下江，五日而至郢"。可以对照绪言提到的张仪说楚王曰："秦西有巴蜀，方船积粟，起于汶山，循江而下，至郢三千余里。"

"作三石人，立水中，刻要江神：水竭不至足，盛不没肩。"此谓"水竭不至足，盛不没肩"乃是石人上的刻铭。佚名《蜀记》说得更明确——"刻字为约"，只把"没肩"改成了"没腰"。

"邮在堰上"，第一次指明了白沙邮的大体位置。

"诸葛亮北征，以此堰农本，国之所资，以征丁千二百人主护之，有堰官。""农本，国之所资"是对堰的正确评估和高度评价。灌溉，行舟，坐致竹木，都离不开此堰。所以，要征用一千二百名兵丁守护。但堰官之设，并非从三国时始。东汉李冰石像铭文涉及的"都水掾"，《建安四年正月中旬故监北江堋太守守史郭择赵汜碑》提到的"太守守史""掾史""堋吏"，无一不是堰官。注意，"堋吏"简直就是"堰官"的同义词。

结语 "都江堰"灌溉中国

对《水经注》有所承袭的乐史（930—1007）《太平寰宇记》卷七三"永康军"条曰："都安堰一名湔堰，李冰拥江作堋——蜀人谓堰为堋。"《建安四年正月中旬故监北江堋太守守史郭择赵汜碑》的出土与释读，印证了这个古蜀方言词真实存在。

据说"安"一本作"江"，若然，"都江堰"之名则起于北宋时期，跟《宋史》"永康军岁治都江堰，笼石蛇绝江遏水（即《元和郡县图志》所谓"破竹为笼，圆径三尺，长十丈，以石实中，累而壅水"——赶秋按），以灌数郡田"等记载正相对应。

从此以后，"都江堰"之水一路滚滚流淌，渐渐灌溉了成都平原、四川乃至于整个中国，"都江堰"之名也随之而流芳百世、造福千秋。

"三石人"和"三神石人"

自古以来，都江堰周围就有关于石人的各种传闻。南朝梁国广汉人李膺《益州记》载：都江堰"有三石人、五石犀以厌水"。厌者镇也，厌水即东汉所谓"琛水"，主要是一种巫术，杜甫称之为"厌胜法"。"厌胜"意为"厌而胜之"，系用法术诅咒或祈祷以达到镇压制胜所厌恶的人、物或魔怪的目的。我们现在过年贴春联，端午节挂艾蒿，原本也都是厌胜之术。

然则，这三个石人又为何时何人所雕造呢？

湮没无觅处的战国石人

据说，始作石人者即为那位著名的治水英雄李冰。东晋时期崇州人常璩《华阳国志·蜀志》称："冰能知天文地理，……于玉女房下白沙邮作三石人，立三水中，与江神要：'水竭不至足，盛不没肩。'"稍后，郦道元《水经注》描述得更加清楚："秦昭王以李冰为蜀守。……西于玉女房下白沙邮，作三石人，立水中，刻要江神：'水竭不至足，盛不没肩。'是以蜀人旱则藉以为溉，雨则不遏其流。故记曰：'水旱从人，不知饥馑，沃野千里，世号陆海，谓之天府也。'邮在堰上。"白沙邮在都江堰上游，位于今都江堰市白沙场一带。

"水竭不至足，盛不没肩"乃刻在石人身上的铭文，大致是讲：江水枯竭时不可露出石人的脚，江水上涨时不可没过石人的肩。"与江神要""刻要"都是佚名《蜀记》"刻字为约"的意思（应当留意的是，《蜀记》把"没肩"改成了"没腰"），是神话式的表达。其实说白了，李冰立石人，就是作"水则"之用，以监测岷江的水位高低和水量大小，跟刻记长江枯水位的"涪陵石鱼"的用途大同而小异。

这刻有九字铭文的石人，能被常璩目睹吗？我觉得有点悬。为什么？因为在东汉建宁元年（168）之前，这三尊石人就已经不见了。他所依据的应该是一些比较靠谱的历史档案，如上引"故记"（古书）之类。

陆续出土的东汉石人

1974年，都江堰枢纽工程新建外江水闸，将原安澜索桥下移到现在的位置。3月3日，在外江三号桥基河床下挖出了建宁元年李冰石像一座，高近3米。其衣襟中间有隶书铭文一行，可隶定为"故蜀郡李府君讳冰"；左右袍袖上各有隶书铭文一行，可隶定而后串联为"建宁元年闰月戊申朔廿五日都水掾尹龙长陈壹造三神石人珍水万世焉"。

这李冰石像显然就是"都水掾"（官名，可简称"都水"，职位低于太守）尹龙长、陈壹二位模仿"三石人"

所造的"三神石人"之一，而且是其中最尊贵的一位，故有详细的铭文。另两尊或为李冰的从吏（如"主簿"等），但下落不明。

1975年1月18日，在距李冰石像出土处37米的地点出土了一尊较小的无头持锸石人，后称"堰工石像"，现与李冰石像共同展陈于都江堰景区之伏龙观中。有理由怀疑，它就是"三神石人"之一。

2005年3月3日，外江索桥施工时，又一尊无头石人像现身了。此时距离李冰石像出土，不多不少，不早不晚，刚巧整整31年。难道它也是"三神石人"之一？大家还没激动两天，同月5日，索桥1号桥墩附近又发现了一尊无头石人像。7日，岁修工地上挖出了一个长20厘米、厚5厘米、重10多斤的菱形铁块，正好可嵌入石人像底座上的槽子中。文物部门的工作人员一眼就认出，此乃古代连接地漫石的铁榫头。但它是用来固定石人底座？还是固定江底石头？或是嵌在江堤石头上的？尚有待深究。

更没想到过了九年，2014年4月24日的上午，挖掘机在外江闸第7、8孔下侧减力池内作业之际，又发现了一尊无头石人像。

1974至2014，四十年之间，都江堰渠首相隔不足百米的范围内，分四次，共出土了五尊石人，其服饰都是"深衣"，雕凿手法均为汉代圆雕，其中一尊因有铭文可确定为李冰之像（也因此，可以断定包括它在内的五尊均非李冰生前所刻），其余四尊皆无头无铭文，根本无法辨明而后纳入东汉所造"神石人"之列。

东汉遗风之成都石人

东汉以后，石人之制被沿袭了下来，都江堰以外的地方也在借鉴、仿效。嘉庆《华阳县志》记载："万年堤，治东三里洗瓦堰侧。《旧通志》：堤长三百余丈，置石人、石牛各九，前人以之镇水患者。原采按，王士性《入蜀记》'成都故多水，是处为石犀镇之，城东有十犀、九牧立于江边'，盖指此也。"康熙《大清一统志》、嘉庆《大清一统志》、《皇朝舆地通考》亦云："万年堤，在华阳县东，长三百余丈，置石人、石牛各九，以镇水患。"

显然可见，这九尊石人的命运也跟都江堰那些"三石人""三神石人"一样，最终皆不免湮灭无闻，而是否也有重见天日的那天，大可值得我们拭目以待。

南宋的金堂三石人

南宋时，金堂有一座庙宇，供奉着三尊石像，许是东汉之后的"三神石人"信仰。王象之《舆地纪胜》记载："三王滩，在金（堂）峡。距金堂十里，三王有庙，皆石像，莫知姓氏，或云三王乃夏禹、灌口神及丛帝。"这三者均与治水或灌口（都江堰）有关，大可注意。

受此启发，我们推定东汉"三神石人"为夏禹、丛帝及李冰，似乎并不会太离谱；那个无头持锸石人，大概即为夏禹，而并不是什么堰工。

下编

天府之国

101

战国三石人铭文考

1974 年 3 月 3 日，一尊高近 3 米的圆雕石像在都江堰出土。其衣襟中间有隶书铭文一行，可隶定为"故蜀郡李府君讳冰"；左右袍袖上各有隶书铭文一行，可隶定而后串联为"建宁元年闰月戊申朔廿五日都水掾尹龙长陈壹造三神石人珎水万世焉"。因此，人们称之为"李冰石像"。其实，这雕像远远高于真人，应该称"李冰神像"才对——除了"神石人"之自我标识外，与这雕像同期的故事也显示，此时李冰已被神化，如应劭（约153—196）《风俗通义》化牛斗杀江神一段。

这尊带有铭文的石像是东汉官方所雕凿的"三神石人"之一，其蓝本为战国蜀守李冰于玉女房下白沙邮所作的"三石人"。"三石人"之一应该也跟李冰此像一样，上面也刻有铭文。《水经注》卷三三《江水》称李冰"作三石人，立水中，刻要江神"，一个刻字说明了铭文的存在。但铭文的具体内容是些什么呢？历代却众说纷纭，令人莫衷一是。

【水竭不至足，盛不没肩】出处：常璩（约291—361）《华阳国志》卷三《蜀志》（郦道元《水经注》卷三三《江水》、《成都文类》卷二三卢求《成都记·序》、叶庭珪《海录碎事》卷三下《石犀》、《锦绣万花谷前集》卷六《石犀》所引同此）。

【？，？肩】杜光庭（850—933）《贺江神移堰笺》称此铭文为"涸胫泛肩之誓"（涸胫泛肩应为"水竭不至足，盛不没肩"之概括，即便不是，也至少可据此推知杜氏所见铭文最后一字为"肩"）。

【俾后万祀，水之盈缩，竭不至足，盛不没肩】出处：黄休复《茅亭客话》卷一《蜀无大水》。

【水竭不至足，盛不没腰】出处：欧阳忞《舆地广记》卷三十《成都府》（按杨慎《金石古文》卷三《秦蜀守李冰誓江神碑》作"竭不至足，盛不没腰"，梅鼎祚《皇霸文纪》卷十二《誓江神碑》作"水竭不至足，盛不没要"，仅一字之差）。

【水竭不至足，盛不至腰】出处：王象之《舆地纪胜》卷一五一《成都府路·永康军·景物下》"三石人"条引《蜀记》（按，不知此《蜀记》作者为谁。李调元《蜀碑记补》卷一引王氏《舆地碑记目》作："浅无至足，深无至肩"）。

【后世浅无至足，深无至肩】出处：祝穆（？—1255）《方舆胜览》卷五四《彭州》引《集古录》（按此引文不见今本《集古录》，查《集古录跋尾》亦无）。

【涸不出足，涨不至肩】**出处**：赵道一《历世真仙体道通鉴》卷十《李冰》。

以上为元代之前的石人铭异文，当以常璩所引为最早，也最可靠。

《江水》于大堰下先引任预《益州记》文，又暗用《蜀志》文，明人不查，遂将两段文同视为一书所出，乃改题任《记》为李膺同名之书，而贻误至清代。例如成化《新修成都府志》卷六《水利志》"按梁李公胤《益州记》云：灌江西玉女房下，作三石人于白沙邮立水中，刻石要江神曰：'浅无至足，深无没腰'"、《太史升菴文集》卷七八《地理三》"梁李公胤《益州记》云：灌江西玉女房下作三石人于白沙邮——邮在堰官上——立水中，刻石要江神曰：'浅无至足，深无没腰'"、曹学佺《蜀中名胜记》卷六《川西道·成都府六·灌县》"《益州记》曰：……于玉女房下作三石人于白沙邮——邮在堰官上——立水中，刻要江神：'水竭不至足，盛不没腰'"，乾隆《灌江备考》载清申元敬《都江堰河道水利记》"《益州记》曰：水自都江堰，有三石人、五石犀以压水，与神誓曰：'涸不至足，涨不及肩'"。引书混乱、盲从如此，其所涉及之铭文当亦可疑。

清代，至少还有三种异文：一见许儒龙《郫犀许水南征君诗文集》卷一《都江堰考》，作"浅勿至足，深勿至肩"；一见彭遵泗《蜀故》卷十《碑》，作"浅毋至足，深毋没肩"；一见李元《蜀水经》卷二《江水二》，作"浅毋至足，深毋至肩"（张灼《汇辑二王实录》所引同此。参观《霞外攟屑》卷四《水则》"《听雨轩杂记》：'三江闸东，水际立一碑，面刻金、木、水、火、土五字，背刻'浅毋至足，深毋至肩'八字"）。似均从《方舆胜览》所引变化而来，且时代偏晚，亦可不予采信。

石犀沉后波涛息

关于"蜀守李冰作石犀五枚"的史实和相关遗存，从扬雄时（前53—18）直到1952年，历来都有人记载或目击，但是只言片语散落书海之中，不成体系。笔者长期留意搜罗，并爬梳剔抉，参互考寻，数岁之后方成此一文，读者诸君当细读而后正之，始不辜负我之心血也。

【西汉】(《景印文渊阁四库全书》本《艺文类聚》卷九五)扬雄《蜀王本纪》："江水为害，蜀守李冰作石犀五枚：二枚在府中，一枚在市桥下，二在水中，以厌水精；因曰石犀里。"(《景印文渊阁四库全书》本《太平御览》卷八九〇引作："江水为害，蜀守李冰作石犀五枚：二枚在府中，一在市桥下，二在水中，厌水精；因曰石犀里也。"《四部丛刊》中华学艺社借照日本帝室图书寮京都东福寺东京静嘉堂文库藏宋刊本《太平御览》卷八百九十："江水为害，蜀守李冰作石犀五枚：二枚在府中，一在市南下，二在渊中，以厌水精；因曰石犀里也。"《广博物志》卷四六引作："江水为害，蜀守李冰作石犀五枚：二枚在府中，一枚在市桥下，二枚在水中，以压

水精；因曰石犀里。"《御定渊鉴类函》卷一百三十引作：
"江水为害，蜀守李冰作石犀五枚：二在府，一在市桥，
二在渊中，厌水精；因曰石犀里。"）

（《景印文渊阁四库全书》本《古文苑》卷四）《蜀
都赋》："水螭"。（南宋章樵注："蜀守李冰尝沈石犀以御
水怪。"）

【东晋】常璩《华阳国志·蜀志》："外作石犀五
头，以厌水精；穿石犀溪于江南，命曰犀牛里。后转置
犀牛二头：一在府市市桥门，今所谓石牛门是也；一在渊
中。……西南石牛门曰市桥，下，石犀所潜渊也。"

【南朝梁】（《景印文渊阁四库全书》本《太平寰宇
记》卷七二）李膺《益州记》："（成都）市北有石牛，李
冰所立。"

（申元敬《都江堰河道水利记》引）《益州记》："水
自都江堰，有三石人、五石犀以厌水。"

（《全蜀艺文志》卷五）刘孝威《蜀道难》："沉犀厌
水怪，握镜表灵丘。"（水怪，《汉魏六朝百三家集》本作
"怪水"。）

【北魏】（《四部丛刊》景上海涵芬楼藏武英殿聚珍
版本）郦道元《水经注》卷三三《江水一》："初，张仪
筑城取土处，去城十里，因以养鱼，今万顷池是也。城
北又有龙堤池，城东有千秋池，西有柳池，西北有天井
池，津流径通，冬夏不竭。西南两江有七桥，直西门郫
江上曰冲治桥，西南石牛门曰市桥，吴汉入蜀，自广都
令轻骑先往焚之。桥下谓之石犀渊，李冰昔作石犀五头，
以厌水精，穿石犀渠于南江，命之曰犀牛里。后转犀牛
二头，一头在府市市桥口，一头沉之于渊也。"

【唐】（《景印文渊阁四库全书》本《成都文类》卷
二三、《景印文渊阁四库全书》本《全蜀艺文志》卷
三十、《全唐文》卷七四四）卢求《成都记序》："（李冰）

作石犀五，以压毒蛟，命曰犀牛，后更为耕牛二。"

（《太平广记》卷二九一）《成都记》：（李冰斗死牛形江神之后）"蜀人不复为水所病，至今大浪冲涛欲及公之祠，皆汹汹而去。故春冬设有斗牛之戏，未必不由此也。祠南数千家，边江低圮，虽甚秋潦，亦不移适，有石牛在庙庭下。"

（钱谦益笺注《杜工部集》卷四）杜甫《石犀行》："君不见秦时蜀太守，刻石立作三犀牛（草堂本注云：当作"五犀牛"）。自古虽有厌胜法，天生江水向（一作"须"）东流。蜀人矜夸一千载，泛溢不近张仪楼。今年灌口（一作"注"）损户口，此事或恐为神羞。终藉（草堂作"修筑"）隄防出众力，高拥木石当清秋。先王作法皆正道，诡怪何得参人谋。嗟尔三犀不经济，缺讹只与长川逝。但见元气常（一作"相"）调和，自免洪涛恣凋瘵。安得壮士（一作"作者"）提天纲，再平水土犀奔（一作"苍"）茫。"（南宋黄鹤注："上元二年秋八月，灌口损户口，故作是诗，然意亦有所寓也。"赵秋按："今年"一作"今日"，"隄"一作"堤"，"诡"一作"鬼"，"嗟尔三犀"一作"嗟尔五犀"。）

岑参《石犀》："江水初荡潏，蜀人几为鱼。向无尔石犀，安得有邑居？始知李太守，伯禹亦不如。"

雍陶《蜀城战后感事诗》："蕃兵依汉柳，蛮旆指江梅。战后悲逢血，烧余更见灰。空留犀厌怪，无复酒除灾。"（此诗作于829年南诏进攻成都之后。参看杜甫《西郊》"市桥官柳细，江路野梅香"，知"空留犀压怪"应是指《全蜀总志》"李冰五石犀在成都府城南三十五里：今一在府治西南圣寿寺佛殿前，寺有龙渊，以此镇之；一在府城中卫金花桥，即古市桥也"之后者而言。龙渊即康熙《成都府志·山川》"龙渊井在圣寿寺大殿内"之龙渊井，民国时尚存。）

（《景印文渊阁四库全书》本）李吉甫《元和郡县

志》卷三二:"犀浦县,本成都县之界,垂拱二年分置犀浦县。昔蜀守李冰道五石犀沈之于水以厌怪,因取其事为名。"

【宋】(《景印文渊阁四库全书》本)黄休复《茅亭客话》卷一《蜀无大水》:"(李冰)又作石犀五,所以厌水物。"

(《景印文渊阁四库全书》本)乐史《太平寰宇记》卷七二:"石犀:李膺云:市北有石牛,李冰所立。《华阳国志》:外作石犀以厌水精,穿石犀镇以江南,命曰犀牛里。……犀浦县,西二十七里,旧二十四乡,今二十乡,周垂拱二年割成都之西鄙置,盖因李冰所造石犀以名县。"

《蜀中广记》卷六引赵抃《成都古今集记》:"李冰使其子二郎作三石人以镇湔江、五石犀以厌水怪";"石犀在李太守庙内";"市桥水中有石犀,盖吴汉为贼将延岑所破之处"。

王安石《送复之屯田赴成都》:"盘礴西南江与岷,石犀金马世称神。"

(《景印文渊阁四库全书》本)欧阳忞《舆地广记》卷二九:"犀浦县,属益州。秦时李冰作石犀五以厌水精,穿石犀渠于南江,命之曰犀牛里。县取此以为名耳,不在其地也。"

陆游《老学庵笔记》卷五:"石犀在庙之东阶下,亦粗似一犀,正如陕之铁牛,但望之大概似牛耳。石犀一足不备,以他石续之,气象甚古。"《剑南诗稿》卷八《杂咏》:"石犀庙壖江已回,陵谷一变吁可哀。即今禾黍连云处,当日帆樯隐映来。"同书卷三十八《思蜀》:"石犀祠下春波绿,金雁桥边夜烛红。"

(《景印文渊阁四库全书》本)祝穆《方舆胜览》卷五一:"石犀:去城三十五里犀浦,太守李冰作五石犀沉江以压水怪。"

佚名《锦绣万花谷前集》卷六《成都》引"杜《石犀行》注":"石犀。秦李冰为蜀太守,立石犀五头,以厌水精。后转为牛,一在石牛门,一在渊中。"

【元】(《景印文渊阁四库全书》本)牟巘《陵阳集》卷二二《祭二郎》:"三犀之刻"。

《大元混一方舆胜览·成都路·景致》:"石犀:去城二十五里犀浦,太守李冰作五石犀沉江以厌水怪。"

揭傒斯《揭文安公文集》卷十二《敕赐汉昭烈帝庙碑》:"(李冰)又凿石为五犀牛,以厌水妖。"

赵道一《历世真仙体道通鉴》卷十《李冰》:"冰琢五石犀以厌水:一在青城,二在犀浦,一在成都市桥,一在江中。"

佚名《氏族大全》卷十三《立犀》:"李冰仕秦为蜀守。蜀多水灾,冰立三石犀沈之江浦,水患以息。"

【明】《寰宇通志·成都府·古迹》:"石犀:在府城南三十五里。相传秦太守李冰作石犀沉江,以厌水怪。……今尚存。"

曹学佺《蜀中名胜记》卷一《川西道·成都府一》:"石犀寺一名石牛寺。……今寺正殿阶左有石蹲处,状若犀然,额曰圣寿寺,古之龙渊寺也。"《成都府二》:"本晋王羽宅,后舍为寺,改名龙渊,殿有水眼如井,云与海通。"(曹所见之井乃高骈废郫江后故道残余之水。)

嘉靖《四川总志·古迹》:"石犀:府城南三十五里。秦太守李冰作五石犀沉江,以压水怪。其后,土人立庙祀冰,号石犀庙。"

天启《新修成都府志·古迹》:"(石犀)今有其一,在圣寿寺佛殿前。考之《华阳国志》云李冰石犀一头在市桥,即今金花桥也。寺有龙渊,以此石镇之耳。或以为秦惠王遗者,非是。"(参看《古今图书集成·方舆汇编·坤舆典》卷十四《石部汇考》八《四川总志·成都府》：“石犀：府城南三十五里。秦太守李冰作五石犀沈江，以压水怪。其后，土人立庙祀冰，号石犀庙。唐杜甫诗：‘君不见秦时蜀太守，刻石立作五犀牛。自古虽有厌胜法，天生江水向东流。’今有其一在圣寿寺佛殿前。考《华阳国志》云，李冰石犀一头在市桥，即今金花桥也。寺有龙渊，以此石镇之耳。”）

天启《新修成都府志·祠庙》：“圣寿寺……中有秦太守所凿石犀，今在殿前；俗呼为石牛寺。”

《大明一统志》卷六七《成都府》：“石犀，府城南三十五里。秦太守李冰作五石犀沉江，以压水怪。其后，土人立庙祀冰，号石犀庙。”［“府城南三十五里”与嘉庆《四川通志》卷四九“石犀，（华阳）县南三十五里”当即《方舆胜览》“去城三十五里犀浦”之误，南皆应改作西。］

王士性《五岳游草》卷五《入蜀记》中：“再西至石犀寺，一石立殿左，牛形，又似未成琢者，或云李冰所作。然冰镇灌口，非此也。成都故多水，是处为石犀镇之。城东有十犀九牧立于江边，可按。”

【清】顾祖禹《读史方舆纪要》卷六十七《四川二》：“郫江：……又名石犀渠。相传李冰导江穿渠，作石犀五以厌水，因名。”

王来通《灌江备考·石犀》：“在华阳县南三十五里。秦太守李冰作五石犀沉江，以压水怪。其后，土人立庙祀冰，号石犀庙。今有一石，在太慈寺佛殿前。考《华阳国志》，李冰石犀一头在市桥，即今金花桥也。或以为秦惠王所遗者，非。”又《附考》：“五石（犀）以压水：一在青城，一在犀浦，一在成都市桥，一在江中，一在县北玉女房。”

彭遵泗《蜀故》卷二一《神异》：“按《名宦志》：上古禹治洪水，西南经界未尽。迨秦昭王时，蜀刺史李冰行至湔山，见水为民患，乃作三石人以镇江水、五石牛以压海眼、十石犀以压海怪。"

李元《蜀水经》卷二《江水二》："李冰治水之法有八：……其一，石犀，五头，在灌县之玉女房、郫县之犀浦、成都之市桥及大江中、华阳之大慈寺，李冰作之，以厌水精。穿石犀渠于南江，命之曰犀牛里。"

嘉庆《重修四川通志》卷四九《古迹》："石犀：在县南三十五里。秦太守李冰作五石犀沉江，以压水怪。其后，土人立庙祀冰，号石犀庙。今有一石在大慈寺佛殿前。"（"在县南三十五里"盖为《方舆胜览》卷五一"去城三十五里犀浦"之误。"县"即华阳县，南当作"西"。）

刘沅《槐轩杂著》卷二《石犀考》："昔秦李守……命其子二郎作……五石犀以压水怪。……石犀犹存，而世莫之征。……温江、双流民田中皆有石牛，掘之愈深，坚不可动。而成都省城将军署侧官厩内亦有之，其文类秦篆，已剥落不可读，然俯听犹隐隐作江潮声。其二则灌口外江之中，郫县北关之江畔，居然犹有五也。……郡城西南当时为江滨地，自冰治水后，府江南徙，渐成陆壤。迄韦皋镇蜀，增广郡城，而石犀遂在城中。郫县东之犀浦，则仅存其名而已。"又《成都石犀记》："李冰酾内外江，为五石犀以镇水怪，而其一乃在今成都将军署内。考唐以前城垣未广，今满城及文庙前街皆江岸也。江渐南徙，壅沙为陆，后人因扩城基，于是石犀遂入城内。今石犀左右地名龙渊，盖秦时龙宅于此，激水为殃，故李冰以犀镇之。……国初，年中丞创修满城，石犀入焉。虑后人之无从稽古也，于外城西南构石牛寺，并肖牛像。百余年来，人第知寺之有石牛，而不知古石牛之在满城中矣。中丞为此事时，当有记载，因中丞获谴，遂并其碑版而灭之。"又《江沱离·石犀考》："今将军署侧之石牛又在五石犀之外，古为石牛门。《华阳国志》云'冰作石犀以厌水精，后转为耕牛二头：一在市桥石门，一在渊中'者，盖今石牛之地，即当时之龙渊。江流久而南徙，韦皋增广郡城，石牛入于城中，而人遂不知其旧迹矣。"又《内江外江考》："沈石犀五，则今郫、彭、温、双皆有之矣。省垣将军署侧之石牛，古石牛门，又在石犀之外。"又《离峰赘说》：李冰"沈石犀五，以压水怪。又作石牛二头，一置石牛门，一在渊中。今五犀居然犹存……且石犀之散见于郫、繁、温、双者多在民田中。……石犀、石牛等迹今固朗朗犹存"。又《李公父子治水记略》："公酾二渠，斩潜蛟，约水神，瘗石犀，皆合幽显而特著功能，与大禹治神奸、驱蛇龙先后一辙，非得道于身，安能有是？……誓水碑在天彭，斩蛟在灌口，石犀、石牛不一，则自导江至郡皆有之。"又《延庆寺肖川主像记》："石犀有五，散见于郡邑。盖李守未至之先，江水横流，多成泽国，而水怪伏焉。李守殄而靖之，即于其所为牛，以镇理之。"（按，此"理"殆"埋"之误刻。）

王培荀《听雨楼随笔》："按冰于玉女房下作三石人立水中，令子二郎五石犀立江南岸，皆以镇水怪也。"，"秦李冰酾内外江，为五石犀以镇水怪，江南徙地为陆。后人扩城基，石犀遂入城内，其一乃在将军署，人不知其详，乃于城外构石牛寺，并琢牛以实之。成都张沇诗云'一犀石桥二野浦，两犀陆卧丛林藏'，题为《龙渊寺观秦李太守石犀》。石犀左右名龙渊寺，云龙渊不云石牛，应在城内非城外。又云'惟怜李寺失其一'，不知在将军署者乃真也，岂两寺皆有石牛乎？"

马莲舫《石犀》诗序："强萼圃司马淘河得二石兽，竭数十人力方升岸，疑秦时故物，嘱先君题跋，勒石上。江涨，仍没于水，近复淘出，亦奇迹也。"

同治《成都县志·艺文》许儒龙《锦城古迹小记》："旧藩司署旁有石牛寺……石牛在殿后。……康熙五十七年创建满城界，以造营署……石牛隔后圃中。"

同治《续汉州志》卷二一郝乡《沉犀桥请水论》："州北里许有沉犀江，秦李冰凿离埠后，尝于各郡江中立石犀镇水怪，因以名桥。故华阳亦有沉犀桥，俗传三五夜犀出玩月，其灵无对。"同卷张怀泗《沉犀桥辨》："雒水入汉州三支。其迤南一支与雁水合，将合之上流有石桥，旧名平桥，以上有严君平卜卦台故也。乾隆二十二年，州牧督绅耆修之，更名沉犀，并榜于桥坊曰：'秦太守李冰沉石犀以镇水患'。其实非也，按沉犀有五：一在灌县之玉女房，一在郫县之犀浦，一在成都之市桥，一在华阳之太慈寺，皆李冰沉石犀镇水患处，又犍为郡分置沉犀郡，旧传以石犀沉水得名，均为雒无涉。"（沉犀桥、沉犀江位于今广汉境内。）

乾隆《灌县志》卷二《古迹》："石犀：秦太守李冰使其子二郎作五石犀，以压水怪。穿石犀溪于江南，命曰犀牛里。"

光绪《增修灌县志》卷二《舆地志》："石牛：有二，俱在大江中，其形迄今尚存。"卷四《水利志》："石牛堰。即沙沟河口。其堰向在安澜桥上游，后因淤废移下二里许，有石牛横卧江心，今尚可见。"

同治《郫县志》卷十二《古迹》："石鼓二，在县北关半里许沱江岸上。石牛三，在石鼓旁。相传即李冰所凿，以镇水怪。按，石牛三头错峙江畔。道光某年夏，一日，阴云密布，微闻殷雷一声，一牛首坠落。"

嘉庆《华阳县志》卷九《水利》："九里堤：治东三里洗瓦堰侧。旧《通志》：堤长三百余丈，置石人、石牛各九，前人以之镇水患者。按王士性《入蜀记》'成都故多水患，是处为石犀镇之。城东，有十犀九牧（一作"石犀九枚"——赶秋按）立于江边'，盖指此也。"卷十三《古迹》："石犀：治西南圣寿寺。《全蜀总志》：李冰五石犀，在成都府城南三十五里。今一在府治西南圣寿寺佛像前。"卷二一《寺观》："石牛寺：即古圣寿寺，治西南城内。旧《通志》：汉时建。唐名空慧，后改龙渊。……中有秦太守所凿石犀，并有井，相传与海通，所谓龙渊也。……按，石牛今尚存。"卷四一《金石》："石犀：有二。一在治东城内大慈寺佛殿前；见旧《通志》，今无存。一在治东南城外二十里谢家渡；秦太守李冰作五石犀沉江，以厌水怪，此其一。按，今石牛寺有石犀一头。双流金花桥亦有石犀一头。石犀凡四头，其一无考。石牛：治西南城内石牛寺，即古圣寿寺，相传有石犀一头，为秦太守李冰凿。国朝康熙五十七年修满城，迁其寺于梓潼宫左，石犀不能移，因更置石牛一，以志其旧。……石人石牛：治东城外万年堤，石人、石牛各九，盖前人以之镇水患者。今惟石牛一头，余无存。"（查傅崇矩《成都通览》，知九里堤在成都，而万年堤和洗瓦堰在华阳，疑"九里堤：治东三里洗瓦堰侧"为"万年堤：治东三里洗瓦堰侧"之误；《成都通览》所列"待考之古迹"只有"万年堤之石人石牛"，明正德《四川志》及《大清一统志》云"万年堤在华阳县东，长三百余丈，置石人、石牛各九，以镇水恶"，亦可旁证。）

嘉庆《双流县志》卷一《古迹》："石犀：在治东二十里、簇锦桥东半里许，大如水牸，水浅则见。"

钱茂《跋永镇蜀眼碑》："秦守治水文字，世所罕传，昔见蜀都大悲寺金人背铸'永镇蜀眼'及太守姓字，篆法神妙；且有石犀镇海眼，亦秦时物。"（所谓金人指原在大慈寺之第五重殿后的铜普贤菩萨像，高二丈五尺，背刻铭文"永镇蜀眼李冰铸"，实为韦皋所铸，参看《全唐文》卷四五三《再修成都府大圣慈寺金铜普贤菩萨记》。）

光绪《郫县乡土志·政绩录》："李冰，孝文王时为蜀守，穿郫江以行舟船，又作石犀五头以厌水怪，穿石犀溪于江南，灌溉稻田，故郫为蜀膏腴地。"

日本山川早水《巴蜀·城内史迹·石牛》："高等学堂内有一石牛，制作极其奇古。长约四尺，高约三尺。

虽然处处缺损，但四足俱全，面鼻犹存。堂之近旁有寺，叫石牛寺，为汉代所建造，是古时的圣寿寺。据《四川总志》记载，寺中有秦之太守李冰所做的石犀。《水经注》曰：'李冰作石犀五头，两头在府中，一头在市桥，两头沉之于渊。'今置于学堂内者疑是两头在府中的一头。此外，在大慈寺殿前的那一头，可能就是其中的另一头。若果真如此，就全是汉代之物。这对研究当年的石刻可以说是极为有力的材料。"

傅崇矩《成都通览·成都之古迹》："东门之太慈寺，秦时古刹也，寺中接引古佛身边有秦李冰篆'永镇海眼'数字。……汉市桥即西门外之金花桥也，相传下有石犀。"（同篇"待考之古迹"题下还著录有"万年堤之石人石牛""镇江石犀"。）

【中华民国】《郫县志》："石鼓二，在县北半里沱江西岸。石牛三，在石鼓旁。秦时李冰所塑以镇水怪。今犹错峙江岸，皆断缺不全。惟中有一牛，其头由颈部被坠落，有凿痕，土人相传道光为雷所劈。旁有碑曰：'先汉古迹'……按碑上'汉'字宜作'秦'字。"

《灌县志》卷六《艺文书》："石犀，残，在治南慰农亭，清水利同知强望泰淘河所得，无文可考，不知何代物。"

《华阳县志·古迹四》："寺名或称石犀，或称石牛，或称龙渊，或称圣寿，皆指一处，盖寺址即汉石牛门旧地。"

李思纯《成都史迹考》六《论石犀》："古称犀能辟水，李冰凿离堆，疏二江，水不为患，更于沿江作石犀五头，以防水害，理固可信。李冰石犀之可考者，余今得其四。其一，市桥门石犀，即今成都城中西南角之石牛寺街，有石牛寺。《太平寰宇记》云：'石牛寺即圣寿寺。唐名空慧，后改龙渊。'《旧志》云：后蜀宰相王处回舍宅，中有石牛，犹存，此即《华阳国志》所言者也。

其二，今成都城内西郭，近通惠门地，曰西胜街，清代为旗营右司衙门，中有牛一头，牛头西向，高七八尺，犹存。其三，则犀浦，其地在成都西十五里，在郫县东二十五里，唐垂拱二年置县，宋熙宁五年废，并入郫县。其地今尚存石犀否，不可知。然以犀浦之名考之，则古必为石犀所在。其四，今郫县北郭外里许，地名石牛坝，今尚存石犀一头。李冰五石犀，今得其四，皆沿江流，用镇水患焉。余今考得李冰五石犀中，成都有二石犀，而《华阳国志》仅举其一，殊未易解。然云'后转置犀牛二头'，则成都固有二头矣。"（《成都史迹考》著成于1941年，未刊，今转录自巴蜀书社2009版《李思纯文集》"未刊论著卷"）。

【中华人民共和国】（四川人民出版社1987年版《成都城坊古迹考》）饶伯康遗笺曰："少城西胜街中段，原为前清右司衙门。民初（指1913年——赶秋按），第二小学堂由北门东珠市街移此。平操坝挖出石牛，牛身刻字数十，初固不识其为石犀寺的石犀。当时，曾以石牛的拓片与刘光汉申叔（即刘师培）谈及，刘说这是用来镇水的。并提及江渎庙大约修建在水旁，现在城南、城内无水，却有这类庙宇存在，是必河流有变，等语。……附注：西胜街所挖出石牛靠现今同仁路方面"。

（四川人民出版社1987年版《成都城坊古迹考》）李思纯《石犀寺与石犀》："石犀寺之原址，实在西胜街。……据明曹学佺《蜀中名胜记》石犀的位置在（寺之）正殿左阶。……石犀虽是古代一个顽石，且岁久风化，已不成形。但从石犀位置所在，可以证知此地即为古成都少城西南的市桥门（石牛门）。又可证实西胜街之西，即唐末筑罗城前的内江故岸。石犀在清末犹存，高七八尺。其躯略大于常牛，首西向，风化后尚存轮廓。民国时省立第一中学设于斯地，拟改名为石犀中学，未果。抗战期中，其地曾驻兵，即犀身建台，升降旗。至一九五二年，石犀已剥落不成形，仅存顽石一堆，是时初八中建教室，石工改犀身为石条以砌阶沿。”

按：以上各代文字几乎皆出于蜀人或旅蜀、治蜀之人的手笔，不但少有耳食之语，而且大都还是目击者的证词。

南朝梁李膺《益州记》载："少城有九门，南面三门，最东曰阳城，次西门曰宣明门。秦时张仪楼即宣明楼也，重阁复道，跨阳城门。"古之成都少城南面有三个门：最西的是"石牛门"，即"市桥门"；中间是"宣明门"，其楼即"张仪楼"；东面的是"阳城门"。而"市桥"正对市桥门，桥下的"石犀渊"跟"石犀里""石犀寺"一样，大致都在今成都西胜街（所谓后圃即新建右司衙门之后圃，右司所在地曰右司胡同，民国时改名西胜街）一带。"石犀溪"的北口则从市桥下不远处分出郫江水，向南经过方池街、南较场新石牛寺附近，偏东入检江。"蜀都大悲寺""东门之太慈寺""华阳之太慈寺"指的皆是成都大慈寺。唐成都尹、剑南西川节度使韦皋曾凿解玉溪，自城外西北引郫江水流经大慈寺一带。

1913 年在西胜街西侧同仁路处掘出一石犀，与原在石犀寺（今成都市第二十八中学）内者东西并列，应该就是"一在府市市桥门，一在渊中"的那二头。抗日战争时期，成都望江楼前锦江中也曾淘出石牛一座，长两米余，有人说是李冰所刻，未详确否。2013 年 1 月 8 日《成都晚报·天府广场出土千年石兽 专家难判其来历》之石兽则真是秦汉时期圆雕，长 3.31 米，宽 1.38 米，高 1.93 米，疑即蜀王"府中"那"二枚"之一。

《增修灌县志》卷首《伏龙观图》中画出了位于人字堤下首的石牛堰及其上面的一头石牛，俗称"犀牛堤""犀牛望月"。这一头应该就是《陶然士与川西》书所收照片之"1920 年间离堆伏龙观山脚外江侧近水处

下编

天府之国

| 117 |

的水牛石雕像", 雕造者显然没见过犀牛, 遂代之以水牛。民国二十二年（1933）, 岷江上游叠溪地震的次生水灾, 冲决人字堤, 覆没石牛。次年修堤时, 淘出石牛, 复置堤上。1952 年, 都江堰岁修, 于此处搭建了临时工棚, 不久失火, 石牛被烧坏。

杜甫看见的那三头是在都江堰附近（观其诗"灌口""修筑堤防""高拥木石"诸语可知）, 陆游目睹的那头是在成都石犀寺（或名石牛寺, 非清人"于城外"所构之新石牛寺）之东阶下。清朝改该寺为"将军署", 这头成了残废的石犀犹存, 王培荀显然是目睹过的。

在古人看来, 将石犀（石牛, 二者有时可以等而视之, 如《古今图书集成·神异典》卷五一引《江西通志》"清源庙"条云"旧传神姓李名冰, 秦孝公时守蜀, 作五石牛以压水怪"）安放在汹涌澎湃的江边、桥下或者沉之于水中就是为了"厌水精"（镇压水怪）, 是一种流传已久的用于防洪的巫术（祭祀）行为, 所以杜诗要说"自古虽有厌胜法"。甲骨卜辞中已有这样的记载："求年于河, 燎三牢, 沉三牛, 俎牢。"考究其字形, "沉"正是把牛或羊沉入川中的象形。周代以后, 沉祭仍很盛行。《周礼·大宗伯》谓："以貍沉祭山川林泽。"郑玄注："祭山林曰埋、川泽曰沉。"《仪礼·觐礼》也说："祭川, 沉。"道光举人刘沅所谓"瘗石犀"其实说的也是沉石犀, 并非《山海经·北山经》"其神皆人面蛇身, 其祠之, 毛用一雄鸡、彘, 瘗, 吉玉用一圭, 瘗而不糈"、《礼记·郊特牲》孔颖达疏"地示在下, 非瘗埋不足以达之"之瘗。秦人改用石牛代替真牛, 就像古代贵族将随葬之活人换成陶俑, 似乎也是一种进步, 如果不考虑所谓土精为石、土克水等观念的话。

所谓"石犀石牛不一, 则自导江至郡皆有之""尝于各郡江中立石犀镇水怪", 均与该巫术防洪活动有关, 说的是都江堰灌区乃至古代四川临水的各地曾经广泛安置着或沉降了若干头石犀石牛（例如嘉庆《温江县志》"约高二尺，横距新开江岸"之石牛于1981年出土于温江和盛镇石牛村；又如一采砂船于2010年4月6日在三台县新德镇柳林滩的涪江江底挖出一石犀，疑为唐朝东川节度使郑复所制四头镇水石牛之一；又如阆中西城门外有嘉庆二十五年石犀一头，乃峡石雕成），情形略如各地区的"誓水碑"（据《华阳国志》等书，李冰所作石人还可用于监测水位，后起的誓水碑乃是其替代品），此于犀浦县、犀浦镇、沉犀桥、沉犀江和犍为县的沉犀山（北周保定三年在沉犀山置沉犀郡，只辖武阳一县，隋开皇三年废郡，改为犍为县）、沉犀洞、沉犀沱、沉犀村等地名也可见一斑。另外，也和石人的情形有点相似。《成都古今集记》等书谓"李冰使其子二郎作三石人以镇湔江"，是说李冰父子曾经制作了三个石人，而东汉的李冰石像上刻有"尹龙长、陈壹造三神石人"等字样，可见后人效仿过李冰的做法甚至还将其编入三石人之列。这样一来，镇水的石人前后加起来远不止三个；截至2014年4月，都江堰已出土包括李冰像在内的五个石人。同理，李冰作石犀之举，也曾被后来的各代各地所仿效，所以它们的总数也远不止五头。

不过在厌胜的精神胜利法之外，岸边的石犀无疑还是会起到一些抵挡水流、减杀水势的实际作用，诚如郭沫若所说的那样——乐山大佛"因岩而成，把岩壁凹凿进去，靠壁凿成一尊弥勒大佛的坐象，水势免去与岩壁冲击，祸患因而减杀"（人民文学出版社1971年版《李白与杜甫》第234页）。从某种意义上讲，乐山大佛不过是将石人石犀大化、固定化、佛教化了而已。岑参《石犀》诗云"江水初荡潏，蜀人几为鱼。向无尔石犀，安得有邑居。始知李太守，伯禹亦不如"，应该是兼顾着它的精神作用和实际作用而措辞的，只不过加入了文学夸张的成分。

"如果说一般的石头因其具有重量和坚硬等共性被认为具有一般的巫术效力，那么特殊的石头则以其具有特殊的形状或颜色等特性而被认为具有特殊的巫术效力。"（弗雷泽《金枝》第四版第三章《交感巫术》）镇水的石头被雕刻成犀、牛的形状也是有特殊意义的，在李冰之时大概主要是模拟和继承"求年于河"而沉牛的古代礼俗，其后人们应该还受了李冰化身成牛（犀）斗死牛（犀）形江神（和《抱朴子·登涉》"得真通天犀角三寸以上，刻以为鱼，而衔之以入水，水常为人开"、《金瓶梅词话》第三一回"水犀号作通天犀。你不信取一碗水，把犀角安放在水内，分水为两处，此为无价之宝"）等传说的影响，将石犀（牛）等同于李冰，依照顺势巫术的原则，李冰治水压怪的功能就自然被认为能传递到石犀（牛）的身上，东汉的李冰石像上明确点出的镇水万世的铭文就是最好的旁证。

堰工石像可能是大禹

在"北江堋"（东汉时都江堰的官方名称）旁，东汉官方为了镇水（即今岷江）防洪，雕造并树立了大型的"三神石人"，即三尊石质神像，其中一尊出土于1974年，通过辨识其上的铭文，可以将它的身份确定为李冰（既是蜀守，也是蜀神）。

1975年，在距李冰像发现处约37米的地点又出土了一尊石人，无头，双手抱锸（异体作"臿"），后来有专家称之为"堰工石像"（现与李冰石像共同展陈于都江堰景区之伏龙观中）。我们有理由怀疑，它也是"三神石人"之一，大概即为夏禹。

《史记·河渠书》较早将大禹和李冰相提并论，无形中开了后人称赞李冰"功追神禹"的先河。事实上，李冰跟大禹亦极为相似。大禹"长于地理脉泉"，李冰能"识察水脉"，二者均以治水闻名，都是化水害为水利的超级英雄，皆曾"锁水怪"，均与蜀地有过关联，也都经历了一个从人到神的升级过程。

战国文献《韩非子》曰："禹之王天下也，身执耒臿，以为民先。"这个禹的经典形象，在后世有很多图像

下编　天府之国

表达，最著名的莫过于山东武梁祠的一块汉画像石。石上图文并茂，恰如连环画的一页。画中的夏禹，身穿短袍，头戴尖顶草帽，左手上扬，右手持一件直柄的"两刃耜"（此名见东汉时期许慎著《说文解字》）。这幅肖像不由让人想起汶川有座大禹的现代雕塑，仍然是右手执耜的形象。这也是中国人心目中的大禹，代代相传，亘古不变。

与武梁祠画像有所不同的是，1975年出土的这尊石人所抱之耜并非两刃耜，乃是一种凹形耜，虽为石雕，却刻画有金属刃口的线条，与湖南长沙马王堆三号汉墓填土中出土的那柄铁錾木耜形似而长度更长。在都江堰内发现这个石人，再次证明了耜是农田水利建设中的重要工具，正如颜师古所说："耜，所以开渠者也。"端详着它，我们完全可以想见先民当年"举耜为云，决渠为雨"（《汉书·沟洫志》）的宏大场面。1977年，四川峨眉出土过一尊东汉抱耜石俑，比都江堰这尊小（通高仅66厘米），却有头有冠，而且也是凹形耜。在成都博物馆举办的"天府之国与丝绸之路特展"上，有几件"南方丝绸之路"沿线地区出土的东汉铁耜，上面均有"蜀郡""成都"等字样的铭文。可见到了汉代，凹形耜是四川典型而普及的生产工具。所以，汉代的石雕艺术家将凹形耜嫁接到夏禹的身上，不过是对现实的借鉴和写照罢了。

两汉文献里的李府君

西 汉

西汉之前，李冰名不见经传。

最早记载李冰的传世文献是司马迁（前135—前90）的《史记·河渠书》，最关键的只有这样十八个字："蜀守冰凿离碓辟沫水之害穿二江成都之中"。

参看《华阳国志》可知：凿离碓，是以偏概全，以凿离堆这一个环节概指兴建都江堰的全盘工程，即："壅江，作堋"，凿离堆。穿二江，也是以偏概全，因为李冰在成都的事功远不止此（详下）。

《白孔六帖》卷七引《史记》此句为："蜀守李冰凿离堆山辟暴水之害穿二江灌成都中"；《御定渊鉴类函》卷三七则引为："蜀守李冰凿离堆山辟暴水之害穿二江灌成都城"。这两条异文可视为对传本《河渠书》的补充与解释：一，蜀守冰，姓李，"讳冰"。二，沫水，即暴

水。这个"暴"就是《诗经》"终风且暴"之"暴"、《说文·水部》之"瀑"。《说文》曰："瀑,疾雨也。一曰,沫也。"疾雨后之洪水,即为暴水或沫水,"非江之外别有沫水也"(光绪《灌县乡土志》)。三,李冰的主要事功,除了"创堰"(杜光庭《贺江神移堰笺》)之外,还改变了成都城的格局(即:先穿郫江、检江于成都之中,再造七桥于这二江之上)。

综上,传本《史记·河渠书》那十八字应标点为两个并列分句:"蜀守冰凿离碓,辟沫水之害;穿二江,(灌)成都之中。"成都二字之前脱了一个"灌",宜补出。

司马迁之后,提到李冰的是成都人扬雄之《蜀王本纪》。完整的《蜀王本纪》已佚,只剩一些片段因其他古书的转引得以保存至今,涉及李冰的有这样两条:一,"蜀江水为害,太守李冰作石犀五枚:二枚在府中,一枚在市桥下,二在水中,以厌水精"(见《古今事文类聚后集》卷三六。原文作"李阳冰",阳字衍,故删去);二,"李冰秦时为蜀守,谓汶山为天彭关,号曰天彭门,云亡者悉过其中,鬼神精灵数见"(见《太平寰宇记》卷七十三。原文误刻"谓"为"渭"、"亡者"为"云者",今径改)。这两条后来被同为成都人的常璩吸纳入《华阳国志·蜀志》,乃有了时空上的逻辑顺序。

通读《华阳国志·蜀志》"秦孝文王以李冰为蜀守"至"一在渊中"一节,我们遂可将上引《史记·河渠书》和《蜀王本纪》串联起来,得出如下事迹——

李冰秦时为蜀守,谓汶山为天彭关,号曰天彭门,云亡者悉过其中,鬼神精灵数见。(然后祭江,然后雍江,作堋,)凿离堆,辟暴水之害;穿二江,灌成都之中;作石犀五枚:二枚在府中,一枚在市桥下,二在水中,以厌水精。

东　汉

迄至东汉，有关李冰的文献开始多了起来。

班固（32—92）《汉书·沟洫志》基本上照抄《河渠书》，而略有增改：增"蜀守冰"为"蜀守李冰"；改左"石"右"隹"之堆为上"山"下"隼"之堆，二者皆系"堆"之古字（异体字）；删"成都之中"为"成都中"。

崔寔《政论》云："蜀郡李冰凿离堆，通二江，益部至今赖之"（见《四部丛刊》中华学艺社借照日本帝室图书寮京都东福寺东京静嘉堂文库藏宋刊本《太平御览》卷七十五）。虽然含蓄地肯定了李冰的功劳，口径却与《河渠书》一致，只是省去了官称。

建宁元年（168）的《秦蜀守李府君神像铭》（笔者拟题。释文详见《文物》1974年第7期）显示，李冰的雕像已被纳入"三神石人"之列。可见，至迟在建宁年间，李冰已被神化。

熹平三年（174）的《汉桂阳太守周府君颂》（年代依《金石录》卷一，碑名依卷十六。《隶释》卷四称之为《桂阳太守周憬功勋铭》）曰："蜀守冰殄绝犁雤"（见《东汉文纪》卷二十七）。此又恢复了"蜀守冰"之古称，可证《河渠书》不是孤例。犁雤就是离堆，殄绝犁雤即凿离堆之意。

蔡邕《京兆樊惠渠颂》没有直接点明李冰等人修建的水利工程，但高屋建瓴地指出了它们的基本原理："明哲君子，创业农事，因高卑之宜，驱自行之势，以尽水利，而富国饶人，自古有焉。若夫西门起邺，郑国行秦，李冰在蜀，信臣治穰，皆此道也"（见《东汉文纪》卷

二十三）。

应劭《风俗通》记录的李冰故事带有强烈的神话色彩，与《秦蜀守李府君神像铭》不仅时代重合，而且可以互为印证。其原文已佚，较早被《水经注》引录，如下——

秦昭王使李冰为蜀守，开成都两江，溉田万顷。江神岁取童女二人为妇，冰以其女与神为婚，径至神祠，劝神酒，酒杯恒澹澹，冰厉声以责之，因忽不见。良久，有两牛斗于江岸旁，有间，冰还，流汗，谓官属曰："吾斗大亟，当相助也。南向腰中正白者，我绶也。"主簿刺杀北面者，江神遂死。蜀人慕其气决，凡壮健者，因名"冰儿"也。（《水经注》卷三十三，《四部丛刊》景上海涵芬楼藏武英殿聚珍版本。"大亟"下有注云："案近刻作'疲极'"。）

此把江水神格化，与前引扬雄所谓"水精"正可遥相呼应。李冰初为蜀守的年代，被《风俗通》定为"秦昭王"之时，这跟《华阳国志》"秦孝文王"之说略有不同，而影响更大。但考虑到历史和神话之别，似当以《华阳国志》为是。

总之，东汉人视李冰为"明哲君子"甚至是"神"，对他的偶像崇拜和神话渲染，也从此拉开了序幕。更难能可贵的是，他们对李冰修都江堰的工程原理与历史定位已有了比较明确的认识。

作犀，斗牛，戮蛟，锁龙，
李冰一步步走上神坛

公元前 250 年，为成都平原造福万代的蜀守李冰登上了历史舞台。关于他的事迹，《史记》只有这样一句："蜀守冰凿离碓，辟沫水之害，穿二江成都之中。"直到《华阳国志》问世，李冰的形象才逐渐丰满起来。

战国时期的李冰是人

话说初来蜀地，李冰并不忙于治水，而是先观山。"能知天文地理"、也懂风水巫术的李冰见两岸岷山对峙如阙，便把这山叫作"天彭阙"（又作"天彭门""彭门阙"），并称："亡者悉过其中，鬼神精灵数见。"因为他"仿佛若见神"，亲眼看到了这些亡者。

这些亡者就是死去的蜀人，他们静躺在棺中而深埋于地下，涉江逆流而上的只能是他们的魂魄，具体则表现为"鬼神精灵"的形式。蜀人死后殡葬于船棺之内，他们认为船棺是载魂之舟，可以帮他们的亡魂渡过

下编

天府之国

滚滚江水，而后返归故里，与祖先的灵魂团聚。这个故里不是别处，乃是古蜀的发祥地、第一代蜀王蚕丛的家乡——岷江上游的川西高原。

为了取得岷江沿岸蜀民的信任和支持，李冰"遂从水上立祀三所，祭用三牲、珪、璧，沈濆"。在岷江上建立三个祭祀场所，然后命巫祝将牛、羊、猪、珪、璧沉入水中，表面上是在祭祀与治水有关的蜀国亡者，比如鳖灵之类，实际上是在祭江或江神，《史记·封禅书》司马贞索隐引《华阳国志》即云："蜀守李冰于彭门阙立江神祠三所"。

古礼，祭山林曰"埋"，祭川泽曰"沈"（同"沉"）。三星堆祭祀即为埋祭，李冰采取的即为沉祭，金沙祭祀则兼而有之。祭祀对象不同，祭礼便因之而异。

祭江完毕，李冰才开始切入正题："壅江作堋"。这才是他作为蜀守要办的正事和大事。古蜀方言称堰为堋，李冰借鉴蜀人"竹笼络石"古法壅堵江水所作之堋，就是最早的都江堰。

作堋之外，李冰又"作三石人，立三水中，与江神要：'水竭不至足，盛不没肩。'"。他雕造了三个石人，立在三支水流中，与江神约定："水位低的时候不能低过石人的脚，高的时候不能高过石人的肩。"实际上，这个约定即是刻在石人身上的铭文，石人也不过是人形"水则"，不知不觉就起到了监测岷江水位的作用。

作石人之外，李冰又"作石犀五头"，目的是"以厌水精"。李冰所雕造的五头石犀，想要厌胜的对象是水精——江水中的精怪。因为它一旦兴风作浪，岷江就会泛滥成灾。

汉晋时期的李冰是神

东汉开始，李冰治水的事迹越传越神，"李冰"渐渐被推上了高高的神坛。譬如作石犀一事，摇身一变，竟然成了斗牛神话。

"秦昭王使李冰为蜀守，开成都县两江，溉田万顷。神须取女二人以为妇，冰自以女与神为婚，径至祠，劝神酒，酒杯澹澹，因厉声责之，因忽不见。良久，有两苍牛斗于江岸，有间，辄还，流汗谓官属曰：'吾斗疲极，不当相助耶？南向腰中正白者，我绶也。'主簿刺杀北面者，江神遂死。"

这个故事出自东汉的一本书，名字叫《风俗通》，作者应劭也是一位郡守（东汉泰山郡守）。其大意为：秦昭王派李冰为蜀守，开江作堰，灌溉了万顷农田。江神作怪，要娶人间两名女子当老婆。李冰就把自己的女儿送到江神祠中，然后劝江神饮酒。江神的杯子只稍稍摇晃了一下，酒并未减少。于是，李冰便厉声呵斥，江神一下就不见了踪影。过了很久，只见两头苍牛在江岸上打斗。得了一个空当，李冰流着汗回来了，他对下属说："我打斗得太累了，你不该帮我一把吗？南边腰间系着白色绶带的那头牛就是我呀！"一会儿，两头苍牛又开始打斗起来，李冰的下属就刺死了北边的那头牛，也就是江神。

江神死后，成都平原"无复水旱之灾，岁常丰熟"，没过多久，"天府"的美誉便不胫而走。李冰变成苍牛跟牛形江神决斗而最终胜出，不过是因势建堰、制伏水患的另类表达罢了。

书面记载之外，东汉官方也有相应的造神运动。公

下编　天府之国

129

元 168 年（汉灵帝建宁元年），都水掾尹龙长、陈壹仿效李冰当年作三石人与江神立约的旧例，雕造了"三神石人"，以期"镇水万世焉"。这三神石人之中，就有李冰一个，高近 3 米，其衣襟中间铭文曰"故蜀郡李府君讳冰"，显然是人与神的结合。

迨东晋时，乐山地区也有了李冰斗水神的传说："时青衣有沫水出蒙山下，伏行地中，会江南安，触山胁溷崖，水脉漂疾，破害舟船，历代患之。冰发卒凿平溷崖，通正水道。或曰：冰凿崖时，水神怒，冰乃操刀入水中与神斗，迄今蒙福。"这明显只是将《风俗通》故事发生的地点做了挪移。

李冰唐代显圣

到了唐代，李冰和江神的形象先后变成了龙，以前的牛斗也随机变成了牛龙斗、龙斗。

有一年，江神变成了蛟龙作怪，淹死了不少人。李冰化为牛形，与之搏斗，而无法战胜。于是出水选了数百名武士，个个手持强弓大箭，把蛟龙给吓退了。须臾，雷风大起，天地一色。等风雷稍定，又有二牛斗于江上。瞄准机会，武士一齐射死了腰间没有白练的江神。从此，蜀人不再为水所困。"至今大浪冲涛，欲及公之祠，皆涣涣而去。故春冬设有斗牛之戏，未必不由此也。"李冰祠南数千家人户临近江边，即便秋水上涨，也安全无虞，是因为"适有石牛在庙庭下"。唐大和五年（831），洪水惊溃。李冰之神化为龙，再次与龙形江神相斗。最后，左绵、梓潼等地皆浮川溢峡，水害波及数十郡，唯成都一带平安无事。

这个故事出自唐人卢求的《成都记》。很显然，其中既有《风俗通》的影子，又有唐时的演绎与发展。比较有趣的是，今之学者追溯"川剧"之源起，往往会征引"故春冬设有斗牛之戏"一句。据卢求的推测，唐代以前的斗牛之戏，又模仿自李冰斗牛之事。果真如此吗？年湮代远，恐怕只能是一桩"事出有因，查无实据"的疑案了。不过值得留意的是，"适有石牛在庙庭下"或许就是那五头石犀之一，这又再次佐证了斗牛神话与李冰作石犀的史实有着一定的因果关系。

广政十五年（952），后蜀后主孟昶的"教坊俳优作灌口神队、二龙战斗之象"，似可视为斗牛之戏的流亚。

李冰斗江神与波斯雨神战旱魃

《风俗通》里，李冰斗牛；《成都记》里，李冰戮蛟。这些都不是一个凡人所能办到的，很明显哪怕人再壮健，也斗不过神啊。所以，斗牛戮蛟的李冰也就早已不是《史记》中的"蜀守冰"了，他被赋予了神性，蜕变成了"神人"。

李冰跟大禹极为相像，大禹"长于地理脉泉"，李冰能"识察水脉"，二者均以治水闻名，皆曾"锁水怪"，均与四川有关，也都有一个从人到神的升级过程。

人事有相似之处，从人事变形而来的神话传说若有雷同，当然也在所难免。这里面不一定就是谁在剿袭谁，正所谓：人同此心，心同此理，往古来今，概莫能外。黄芝岗、钱锺书等很早便敏锐地指出，唐宋时期很多蛇斗、龙斗的故事，都跟《风俗通》记载的李冰斗牛传说有着不少类似的地方。

当代一些学者认为：李冰戮蛟的故事，在情节上又与拜火教圣书《阿维斯陀》所载波斯雨神蒂什塔尔大战旱

下编 天府之国

魆的神话如出一辙。

威严的蒂什塔尔化作一匹金耳朵的白骏马，戴着镶金辔头，降落到法拉赫·卡尔特河。但见旱魃阿普什摇身变成一匹秃耳朵、秃颈、秃尾巴的黑秃马，一匹狰狞可怖的黑秃马，迎上前来。蒂什塔尔与旱魃阿普什展开搏斗，双方鏖战三天三夜。阿普什一时得手，击败了蒂什塔尔。

蒂什塔尔战败后，向造物主阿胡拉·马兹达哭诉，称如果自己不能打败旱魃，江河将会断流，草木将会枯萎，人间将会蒙受耻辱和灾难。他呼吁人们向他献祭，帮他补充力量："假如人们在祈祷中提到我的名字，对我加以称颂，如同呼唤和赞美其他神祇一样，那我就将获得十匹马、十只骆驼、十头牛、十座山和十条适于航行的大河之力。"

阿胡拉·马兹达听到了他的呼求，号召人们向蒂什塔尔献上祭品，于是，蒂什塔尔恢复元气，重新变成金耳朵的白色骏马，披挂上阵，又与旱魃阿普什大战三天三夜，终于赶走了旱魃，大地重新恢复生机："大地呀！喜笑颜开吧！各地的江河之水畅通无阻，把大粒种子送往农田，把小粒种子送往牧场，一直流向世界的四面八方。"

波斯雨神大战旱魃，初战告败，得到人们献给他的祭品补充了力量，二度开战，才打败旱魃，《成都记》中的李冰斩蛟之战，也是初战失利，李冰浮出水面，请求人们助战，再次潜水屠蛟，才最终获胜，二者都是在江河之内，翻江倒海，大战两回合，方分胜负；波斯雨神化为白马，李冰则化为身系白练的牛；蒂什塔尔的对手是旱魃，李冰的对手是水怪，恰好相反，但蒂什塔尔驱逐旱魃，李冰斩蛟，目的都是为了让江河安流，浇灌大地；波斯干旱少雨，故人们视旱魃为恶魔，川蜀江河纵横，故人们视水怪为灾星，人物设定虽异，故事的结构却若合符节（详参萧兵《二郎神故事的原始与嬗袭》、刘宗迪《二郎骑白马，远自波斯来》）。

其实，在清代的四川，李冰已被视为正儿八经的中国雨神了。大邑六月二十四日祭川主，如遇岁旱，则共迎川主以祈雨，应则演剧酬神，即谓之"雨神"；涪陵六月二十四日祭川主李冰，每遇旱年，也是祷雨立应。

宋代的李冰形象

北宋咸平至嘉祐年间（998—1063），李冰故事里多了些悲壮的色彩："冰身与水怪斗，斗不胜，死。自是江无暴流，蛟蜃怖藏，人恬以生。"水怪还是蛟蜃之类，但李冰却战败身亡。这是成都知府宋祁的记载。李冰既死，自然会有墓祠，宋祁参与编撰的《新唐书》便称什邡"有李冰祠山"。（据明人曹学佺说："上有升仙台，为李冰飞升之所。"）

北宋元丰年间（1078—1085），地方神祇又冒出来了一个李二郎。"元丰时，国城之西，民立灌口二郎神祠，云神永康导江县广济王子。"宋神宗时期，在首都东京（今河南开封）城西、万胜门外一里许，人民建了一座灌口二郎神祠。这个二郎神，说是永康导江县（今都江堰市）广济王李冰的儿子。

后来，皇帝为二郎神祠赐名为"神保观"，于是李二郎又被称为"神保观神"。每年六月二十四日，据说是他的生辰，这一天神保观香火最为鼎盛，各种百戏杂耍，自晓至暮，轮番登场。

在他的成名地灌口（今都江堰市），祭祀规模自然有增无减。正如朱熹（1130—1200）所说："蜀中灌口二郎庙，当初是李冰因开离堆有功立庙，今来现许多灵怪，乃是他第二儿子出来。初间封为王，后来徽宗好道，谓他是甚么真君，遂改封为真君。……今逐年人户赛祭，杀数万来头羊，庙前积骨如山，州府亦得此一项税钱。"

在成都当过官的范成大（1126—1193），写有一首《离堆行》，证实了朱熹的话。诗云："残山狠石双虎卧，斧迹鳞皴中凿破。潭渊油油无敢唾，下有猛龙跧铁锁。自从分流注石门，西州粳稻如黄云。刲羊五万大作社，春秋伐鼓苍烟根。我昔官称劝农使，年年来激西江水。成都火米不论钱，丝管相随看蚕市。款门得得酹清尊，椒浆桂酒删膻荤。妄欲一语神岂闻，更愿爱羊如爱人。"

诗前有一序言，曰："沿江有两崖中断，相传秦李太守凿此以分江水。又传李锁孽龙于潭中，今有伏龙观在潭上。蜀旱，支江水涸，即遣官致祭，壅都江水以自足，谓之摄水，无不应。民祭赛者率以羊，岁杀四五万计。"两崖中断之处，即今玉垒山与离堆之间的宝瓶口。宝瓶口旁边有潭，潭上有观，均以"伏龙"为名。相传李冰曾"锁孽龙于离堆之下"、寒潭之中，所以叫"伏龙"。

王象之《舆地纪胜》引北宋李注《李冰治水记》却说："蜀守父子擒健鼍因于离崒之趾，谓之伏龙潭。后，立观于其上。"离崒即离堆，观即伏龙观。鼍，《博物志》名"土龙"，现代动物分类学则谓之扬子鳄，俗称猪婆龙。将因鼍美其名曰伏龙，恰能与《山海经》岷江"多鼍"的史实、杨潮观《李郎法服猪婆龙》的剧情遥相呼应。

杀羊而祭的详情，范成大在《吴船录》一书有所交代："李太守疏江驱龙，有大功于西蜀。祠祭甚盛，岁刲羊五万，民买一羊将以祭，而偶产羔者，亦不敢留，并驱以享。庙前屠户数十百家，永康郡计至专仰羊税，甚矣其杀也。"驱龙一词，可以远远呼应《风俗通》《成都记》里的故事情节，而锁龙应该是宋代的衍生版本。庙当时叫"崇德庙"，即今二王庙之前身。每逢六月二十四日，民众每人都要买一只羊带到庙里献祭。即便是小羊羔，也不能幸免。庙前有几十上百家屠户，杀羊积骨，累累如山。当地政府从中征税，一度成了主要的财政收入。

要特别点明的是，对于杀羊祭祀的对象，范成大说是李冰，朱熹说是二郎神，现在二王庙道家于农历六月二十四日要隆重庆祝"清源妙道真君诞辰"，指的也是二郎神。但民间不懂什么"清源妙道真君诞辰"，一般都说成是李冰生日。看来，李冰与二郎神，南宋时就已开始混淆了。

孽龙望娘

及至清代，伏龙的不再只是李冰一人。

杨潮观《灌口二郎初显圣》（又名《李郎法服猪婆龙》）杂剧写李冰开凿离堆，凿坏了龙窟，那猪婆龙母子都"变化人身"，出来寻仇，与李冰厮杀。龙母龙子"角尖上挂的是碧绡"，而李冰"头盔上挂的是红绡"。李冰寡不敌众，便请儿子二郎救护。二郎"截杀放弹纵鹰犬"，终于擒获了有风雷雨电、六丁六甲相助的二龙，将龙母"锁在离堆之下，要他约勒江波，深无至肩，浅无至足"，又把龙子装在宝瓶口内，"着他守定水门，吞一吐"，"灌注农田，使千里荒芜变成沃野，永为天府之土"。

在袁枚《随园随笔》的引文内，李冰请儿子的方式则是托梦："冰为郡守，化牛形入水戮蛟，斗不胜，见梦于其子，子乃入水助父杀蛟。"

在李调元的《井蛙杂记》中，李冰锁孽龙又演变成了二郎锁孽龙："离堆上有伏龙观，下有深潭，传闻一郎锁孽龙于其中。霜降水落，或时见其锁。"

稍后，望娘滩的传说开始流传，李冰、二郎父子还是一起上阵，但孽龙却成了主角。清人陈怀仁《川主三神合传》"孽龙"一节、无垢道人《八仙得道传》第二回"两点龙泪洒成望娘滩"一节皆略有提及，完整的故事则出现于民国时期，其大概如下——

灌县昔有一孝子，家贫，刈草以奉其母。天悯其孝，赐以茂草一丛，日刈复生。异之，掘其地，得大珠一，藏米椟中。翌日启视，米已盈椟。置诸钱柜，钱亦满箱。家因以富。邻里异之，探得其故，求观此珠，而群起夺之。其人大窘，乃纳诸口中。珠滚入腹，渴极求饮，尽其缸水，犹觉未足，遂就饮于江。母追之，见已化为龙，仅一足犹未变化。母就执之，诇且恨曰："汝孽龙也！"于是兴波作浪，随江而去。然犹频频回首望母，回望处辄成大滩，留下了"十二座望娘滩"或"二十四望娘滩"的遗迹。龙因痛恶乡人之相逼也，乃兴水患以为报复。其后李冰为降伏此龙，遂与龙斗，其子二郎佐之。龙不胜，化为人形遁去。有王婆者，观音菩萨之幻形也，助冰擒此孽龙，设面店于路旁。龙饥往食，面化为铁锁，乃将龙锁系于深潭铁桩之上，故今庙名曰"伏龙观"（详参林名均《四川治水者与水神》及黄芝岗《中国的水神》第二、十四章）。

为何要用铁桩锁龙呢？据说蛟龙"性畏铁"，可"作此镇之"。广政十五年（952），"灌口奏岷江大涨，镇塞龙处铁柱频撼。"陈炳魁《都江堰歌》云："明人范铁始作柱，万历年号记柱面。"自注："文曰：'万历四年永镇普济之柱'。"又云："昭代汪腾两司马，贯石植桩缠铁练，紧将古柱牢拴锁"。铁桩铁锁伏龙的故事或许便因之而起。

二郎辅佐李冰斗龙，显然是从《风俗通》《成都记》里下属助力李冰的情节一脉相承而来。由此似乎可以推断，李二郎其实就是李冰属下（《风俗通》谓之"官属"或"主簿"，《成都记》谓之"卒之勇者"或"武士"）的化身。

灌口二郎神

一

"灌口二郎"，历史上至少有这么三套人选：李二郎，赵二郎，杨二郎。之所以说三套，而不说三个，是因为有些姓氏之下涵盖的往往不止一人，比如李冰和李冰之子都曾荣膺"二郎"之昵称（北宋时，二者就已并为一谈），杨磨、杨戬都可能是"杨二郎"。而且，李二郎、赵二郎、杨二郎的事迹往往被混淆纠缠，最终使其关系剪不断、理还乱。

赞宁（919—1001）《宋高僧传》卷六提到"导江玉垒山神李冰庙"，点明了庙址在玉垒山之上。

乐史（930—1007）《太平寰宇记》卷七十三曰："灌口镇镇城西有玉女神祠，祠之西有蜀守李冰祠存。"玉女神祠殆即《华阳国志》所谓李冰"于玉女房下白沙邮作三石人"之玉女房。

仁宗崩于嘉祐八年（1063）三月，八月当政者已是英宗。然则，"今上"即宋英宗。

赵抃（1008—1084）《成都古今集记》曰："李冰使其子二郎作三石人，以镇湔江；五石犀，以厌水怪；凿离堆山，以避沫水之害；穿三十六江，灌溉川西南十数州县稻田。自禹治水之后，冰能因其旧迹而疏广之。今县西三十三里犍尾堰索桥有李冰祠"（转引自《蜀中广记》）。李冰与其子二郎，这时候尚分得很清楚。

张商英（1043—1121）《元祐初建三郎庙记》云："李冰去水患，庙食于蜀之离堆。而其子二郎以灵化显圣帝，死国事，帝凭于楚之玉泉"（转引自道光《新津县志》）。李冰之庙在蜀（具体而言，在离堆之上，非玉垒山之上），李二郎之庙在楚，这时候尚并不相混。

宋神宗元丰年间（1078—1085），开封民间修灌口二郎神祠，祀李二郎。高承《事物纪原》卷七《灵惠侯》条谓："元丰时，国城之西，民立灌口二郎神祠，云神永康导江县广济王子，王即秦李冰也，《会要》所谓'冰次子''郎君神'也，今上即位敕封灵惠侯。"宋代官修《会要》的原文是这样的："郎君神祠：永康崇德庙广祐英惠王次子。仁宗嘉祐八年八月，昭永康军广济王庙郎君神特封灵惠侯，差官祭告。神即李冰次子，川人号护国灵应王。"然则，"今上"即宋仁宗，其执政时期亦当是《事物纪原》的写作时期。"郎君神祠"或为当时匾额所题之正式祠名，"二郎神祠"或为民间口头之俗称。

曾肇（1047—1107）草写的《灵惠侯进封灵惠应感公制》曰："尔父守蜀，建二江之利，功施于后世，尔亦以神显于西土。父子庙食，相传至今。比岁京师赖尔为福，民罹札瘥，请祷辄应"（转引自《宋大诏令集》《续资治通鉴长编》，题目、正文择善而从）。"尔"乃李冰之子李二郎，其在北宋京师之庙殆即郎君神祠。

李廌（1059—1109）撰于元符元年（1098）的《德隅

斋画品》"应感公像"条曰:"秦蜀守李冰之子,开二江,制水怪。蜀人德之,祠于灌口,二郎者也。风貌甚都,威严颙然,挟弹遨游于二江之边,成庙食之气"(此据《说郛》本。王道杰《〈德隅斋画品〉研究》之《〈德隅斋画品〉校本》引其异文较详,可查对;王文未逮处,可参观康熙《阳曲县志》、光绪《寿阳县志》所引)。此时,灌口已庙食父子俩于一处了。

开二江、制水怪皆是李冰的事迹,赫赫然见载于两汉书籍,北宋人却大方地挪给了李二郎,南宋曾敏行《独醒杂志》卷五"灌口二郎"云云、周文璞《瞿塘神君歌》(文渊阁《四库全书》本《方泉诗集》提要曰:"端义所称《灌口二郎歌》,集无此题,惟四卷之首有《瞿塘神君歌》。观其词意,殆即所谓《灌口二郎歌》,以名不雅驯改题欤")则续写了这种淆乱。

宋徽宗政和七年(1117),诏修"神保观"。撰成于绍兴十七年(1147)的《东京梦华录》卷八《六月六日崔府君生日二十四日神保观神生日》条记述了北宋都城汴梁神保观庆祝灌口二郎神诞辰之盛况:六月"二十四日,州西灌口二郎生日,最为繁盛。庙在万胜门外一里许敕赐神保观"。陈均(1174—1244)《九朝编年备要》、元马端临《文献通考》、佚名《宋史全文》等书也记有此观,并称:俗所谓二郎神者,京师人素畏之,自春及夏,倾城男女负土以献。罗开玉《中国科学、神话、宗教的协合——以李冰为中心》一书认为:"从其地点看,应是改建元丰年间百姓在汴梁之西修建的二郎神祠。"若然,则此二郎也当指李二郎。

洪迈(1123—1202)《夷坚志·夷坚丙志·卷九》"二郎庙"条曰:"政和七年,京师市中一小儿骑猎犬,扬言于众曰:'哥哥遣我来,昨日申时,灌口庙为火所焚,欲于此地建立。'儿方七岁,问其乡里及姓名,皆不答。至晚,神降于都门,凭人以言,如儿所欲者。有司以闻,遂为修神保观。……既而蜀中奏永康神庙火,其日正同。"然则,似可推测，元丰之祠为火所焚，故而改建。

宋高宗绍兴元年（1131），又于杭州官巷立"二郎祠"。吴自牧《梦粱录》卷十四《东都随朝祠》条谓："二郎神，即清源妙道真君。在官巷，绍兴年间建祠。《旧志》云：东京有祠，随朝立之。"潜说友《咸淳临安志》卷七十三《祠祀三·东京旧祠》亦云："二郎祠：在官巷，绍兴元年立。《旧志》云：东京有祠，即清源真君。"宋真宗曾从益州知州张咏（946—1015）之请为赵昱加封号"川主清源妙道真君"，这个二郎应指赵二郎赵昱。此《旧志》所云东京之祠祀赵二郎，与祀李二郎的元丰之祠有别，若非记载相混，则似乎同在开封，姑且存疑待考。

朱熹（1130—1200）《朱子语类》卷三也提及张咏请封之事："论鬼神之事，谓蜀中灌口二郎庙，当初是李冰因开离堆有功立庙。今来现许多灵怪，乃是他第二儿子出来，初闲封为王，后来徽宗好道，谓他是甚么真君，遂改封为真君。向张魏公用兵，祷于其庙，夜梦神语云：'我向来封为王，有血食之奉，故威福用得行。今号为真君，虽尊，凡祭我以素食，无血食之养，故无威福之灵。今须复封我为王，当有威灵。'魏公遂乞复其封。不知魏公是有此梦，还是一时用兵托为此说？今逐年人户赛祭，杀数万来头羊，庙前积骨如山，州府亦得此一项税钱利路。"（卷八十七亦云："闻蜀中灌口庙，一年尝杀数万头羊，州府亦赖此一项税羊钱用。"）这显然也混淆了赵二郎与李二郎，而徽宗云云亦误。乐史、赵抃皆谓之"李冰祠"，高承、何志同皆谓之"李冰庙"，此二名与"二郎庙"或均为口头之俗称；曾敏行（1118—1175）、范成大（1126—1193）皆呼其庙为"崇德庙"，或为当时匾额所题之正式庙名。洪迈亦与朱熹同时代，其记张咏所祷之庙却为"阆州灵显庙"。南宋人认识不一致如此！曾氏还指出："江乡人今亦祠之，号曰灌口二郎。"观其上下文，似以此号单指李冰。今有学者称，"冰"之篆体与"二"相近，二郎大概是冰之别号。准此，或许先有《风俗通》"冰儿"讹为"二儿"，再有"第二儿子"之说附会而起，亦未可知。

周应合（1213—1280）《景定建康志》卷四十四曰："若清源君之凿离避沫，驱除罔象，西人永赖，功不细矣。"此又将赵昱、李冰混在了一起，而且"凿离"也割裂不成语。

至顺元年（1330），"封秦蜀郡太守李冰为圣德广裕英惠王，其子二郎神为英烈昭惠灵显仁佑王"（《元史》卷三十四）。元人张宪《神弦十一曲·圣郎》一诗曰："双头牡丹大如斗，簇金小帽银花镂。绿斗长眉丹激唇，白马黄衫灌江口。平头奴子金丝发，六尺竹弓开满月。神獒帖尾卧床前，顽蛟尚染刀镮血。灵风飕飕石犀吼，吴船楚舵纷搔首。红云忽报七圣来，蜀波水色浓于酒。"圣郎即二郎神，然仍旧和李冰傻傻分不清楚，而且好像还将赵昱也牵扯了进来。

明金陵三山对溪唐富春校梓《新刻出像增补搜神记》第三卷有"灌口二郎神"一条（与《三教源流搜神大全》卷三"清源妙道真君"条大同小异），题下注"六月二十六日生"，其文曰："二郎神者，姓赵，名昱，从道士李珏隐青城山。隋炀帝知其贤，起为嘉州太守。郡左有冷源二河，内有老蛟为害，春夏水涨，漂潪伤民。昱大怒，特设舟船，率壮士及居民夹江鼓噪。昱持刃入水，有顷，其水赤，石崖奔吼如雷。昱右手持刃，左手持蛟首，奋波而出。时有佐昱入水者七人，即七圣是也。隋末世乱，弃官隐去，不知所终。后江水涨溢，蜀人见昱于青雾中，感其德，立庙于灌江口奉祀焉。唐太宗封为神勇大将军，明皇加封赤城王，宋真宗封清源妙道真君。"（载《道藏》第36册。原文误刻"神勇"为"神舅"，径改如上。）崇祯《常熟县志》卷三《祀典》亦云："弃官去，不知所终。会嘉州水涨，人见青雾中有挟弓弹如猎者越流而过，乃昱也。因立庙灌江，呼灌口二郎神。"此灌口二郎神指的均为赵昱，今都江堰赵公山即其隐居之处。明《道法会元》卷二百五十九第七"清源妙道真君陈昱"云云，陈应为赵字之误。康熙《河南通志》卷十八曰："二郎神庙：在府城西关，祀隋灌州刺史杨煜。"殆亦为赵昱之讹传。

道光《遵义府志》卷八《坛庙》注所述"蜀守持三尖刀"云云，显然也是将李冰和二郎神（与三尖刀的关系，详下）搅在了一起。

晚至清代民国，灌口之外仍存在大量的灌口神庙。康熙《饶州府志》卷十二载："清源庙：在新田。旧传神姓李名冰，秦孝公时守蜀，作五石牛以压水怪，立祠灌口。宋邑人李涧出使，资神之佑，立庙祀。"此将"清源妙道真君"与李冰相混，且误"秦孝文王"为"秦孝公"。嘉庆重修《大清一统志》卷三百八十五《成都府二》云："显英王庙：在府城东。俗名二郎，祀李冰之子。本朝雍正五年敕封承绩广惠显英王，各州县皆有庙。"此明言庙祀李二郎。邓琳《虞乡志略》卷八载：江苏常熟，"六月二十六日，灌口李二郎神诞辰，北门二郎庙有进香者"。此与在六月二十四日进香之俗不同，所据或为上引《搜神记》。民国《吴县志》卷三十五记其地"清源妙道真君庙"为赵昱之庙，并注云："俗称灌口二郎神庙""相传六月二十四日为神生辰"。此又异于"六月二十六日生"之说。

三星堆

神话诞生之地

二

刘宗迪《二郎骑白马，远自波斯来》（2018）一文也将李冰等同于灌口二郎神，并认为："二郎神斩蛟的故事与波斯雨神战旱魃的神话一脉相承，可谓无可置疑。"其实，灌口二郎神与波斯（袄教）的关系，《十国春秋》卷三十七早有暗示：前蜀乾德二年（920）八月，"帝被金甲，冠珠帽，执戈矢而行，旌旗戈甲连亘百余里不绝，百姓望之，谓为灌口袄神。"帝即王衍（899—926）。谓为灌口袄神，张商英之兄张唐英（1029—1071）《蜀梼杌》卷上作"谓如灌口神"。卷下载：后蜀明德二年（935）"七月，阆州大雨雹，如鸡子，鸟雀皆死，暴风飘船上民屋。女巫云：灌口神与阆州神交战之所致。"此灌口神或亦指李冰。

侯会《二郎神：一位神仙八种神格》（2011）一文称："每年农历六月二十四日是二郎神生日，川蜀百姓要举行'川主会'，载歌载舞，抬着川主像游行。遇上天旱，这天又是祈雨日，要演'雨戏'。这习俗传到各地，山东、河北将这一天称作'雨节'。又说此日'分龙兵'，天若下雨，就是分得'勤龙'，否则就是'懒龙'当岁。因此，水神二郎神同时又是雨神。"似可佐证刘说。

李远国、田苗苗《论巴蜀地区的川主、二郎信仰》（2012）一文举的两个清代例子，亦可佐证刘说。其一曰："在大邑，六月二十四日祭川主；如遇岁旱，各共迎川主祈雨，应则签点会首，演剧酬神，谓之'雨神'。"其二曰："涪陵县，六月二十四日祭川主李冰，每遇旱年，祷雨立应。"

如此看来，李冰竟是司雨之神。

三

吊诡的是,《中国科学、神话、宗教的协合——以李冰为中心》的《二郎祠庙表》选录了若干例主祭二郎、兼祀李冰的四川庙宇,却没有著录最重要的灌县二王庙。

乾隆《江津县志》卷十七《艺文》所录邑令彭维铭《新建川主祠碑记》曰:"四川诸州邑乡里无在不有川主神庙,稽神之姓氏,即今灌县都江堰口奉敕封建二王庙神也。前庙所祀秦蜀守李公冰之子二郎君,后庙所祀乃李公也。"据都江堰市某厂退休工人肖师傅(1949年生人)亲眼所见并当面告知(以下除了他的述说外,加入了我的考证和整理,有些地方还须进一步核实),直到1966年8月(另有9月、12月二说,待考)"破四旧"之前,灌县二王庙内还是主祭二郎、兼祀李冰的格局:前殿主位为三眼二郎神坐像(照片见1986年四川师范大学学报丛刊第五辑《都江堰文物志》P100"四十二"),着金身铠甲,附祀木制杨二郎行身一尊、站将二尊,殿外回廊左立三尖两刃刀(高3米左右,铁质),右立哮天犬(铁质,与三尖刀同为清乾隆初道士王来通主持增铸,盖以三眼二郎神为杨戬也);后殿塑坐像二尊,乃李冰夫妇(照片见1986年四川师范大学学报丛刊第五辑《都江堰文物志》P100"四十一")。

晋时，蜀人迎李冰像入"离碓范贤祠"而兼祀之，为表彰李冰锁龙诸事迹，遂称该祠曰"伏龙观"（详见马非百《秦集史·人物传八之一》）。这个"范贤祠"或许就是黄廷桂（1690—1759）编《四川通志》卷二六《古迹》"湔氐村：在县北，李雄筑范贤馆在焉"（光绪《增修灌县志》卷二照抄了此句）之"范贤馆"，与唐求（约880—约907）诗题中的"青城山范贤观"似不在一处（袁庭栋《巴蜀文化志（修订本）》说伏龙观"最早叫范贤馆，乃是范长生晚年的居住之所"。按前半句不错，而其晚年居所实即"范贤观"，应该在青城山长生宫一带。《蜀中广记》卷六："《方舆胜览》云：碧落观即长生观，在青城山北二十里。昔有范寂，字无为。刘先主时栖止青城山中，以修炼为事，先主征之，不起，就封为逍遥公，得长生久视之道。刘禅易其宅，为长生观。"此观又叫长生宫。光绪《增修灌县志》卷三："长生宫：治南三十五里，旧名碧落观，又名范贤观。《明一统志》：汉昭烈时，有范无为在此修炼"）。

北宋成都有都安王祠，以供奉李冰。费著《岁华纪丽谱》记：正月"二十三日，圣寿寺前蚕市。张公咏始即寺为会，使民鬻农器。太守先诣寺之都安王祠奠献，然后就宴"。张公咏即张咏。此以正月二十三日（《全蜀艺文志》卷五十八误作"十三日"）奠献李冰，未详所据何典。

南宋淳熙年间，伏龙观壁上"有孙太古画李氏父子像"（《吴船录》卷上），为陆游、范成大等人亲眼所见。当时，观又被称作"伏龙祠"。

清人陈月舫《伏龙观避暑记》云："有门，环以长垣。随而深入，中有一殿，其额题云'万世永赖'。……又折而北，一殿深静高爽。神龛之上，以像寘其中，冠裳宛然。问其神，曰：'李公，讳冰。'"（民国《灌志文征》卷五。原题"避署"，乃讹刻，今径改之。）诸如此类，表明在同治年间将李冰像迁塑前殿（民国《灌县志》卷二称此事件为"改祀李太守"）、"以二郎配享其后殿"（完颜崇实《重建敕封敷泽兴济通佑王秦蜀太守李公庙碑记》。与二王庙的格局刚好相反，即：主祭李冰、兼祀二郎）之前，李冰殿则偏居宝瓶口一侧。

宣统年间，伏龙观前殿"老王殿"里则主祭着冠冕朝靴、目正座端、手握朝笏的李冰塑像，详见德国人恩斯特·柏石曼（Ernst Boerschmann）摄于 1909 年的伏龙观李冰塑像照片（即 P190 之图）。

观美国人西德尼·戴维·甘博（Sidney David Gamble）摄于 1917 年的伏龙观外观照片，知民国时期，伏龙观的山门和围墙（"长垣"）已无，前殿"万世永赖"之匾于是便可以豁然遥见。

川主赵昱，被财神鸠占鹊巢

每年农历六月二十四日，都江堰二王庙都会举行庙会，庙中的道家要做法会，隆重庆祝"川主清源妙道真君圣诞"，并主持川剧表演，娱乐信众和游客。川西平原各县各乡镇的百姓一大早从四面八方蜂拥而至，烧香，礼拜，围观法会和川戏，热闹得不亦乐乎。然而，这个有着川主、真君（道教对神仙的尊称）双重身份的神是谁，绝大多数人都搞不醒豁，甚至一问摇头三不知。

1991年版《灌县志》记载："川主会：会期在六月二十四日，传为二郎生日，城乡人民拥至二王庙朝拜。"2018年版《都江堰市民俗志》补充道："近年来旅游部门因势利导，把六月二十四日办成'李冰文化节'，使庙会内容更加丰富。"今天若咨询当地民众，他们会说：六月二十四是李冰生日，要去二王庙。那么，问题又来了：六月二十四究竟是谁的生日？川主清源妙道真君与李冰到底有什么关系？

下编

天府之国

李冰伏龙，赵昱斩蛟，都是治水的神化

古语云："夫圣王之制祭祀也：法施于民则祀之，以死勤事则祀之，以劳定国则祀之，能御大灾则祀之，能捍大患则祀之。"秦蜀郡太守李冰壅江建堰，化水灾为水利，又有治蜀兴蜀等事迹、斗犀伏龙等神话，是名副其实法施于民（法者功也）、能御大灾、能捍大患的人，所以被后世祀为"川主"，完全应当应分。但最早荣膺"川主"美誉的，却不是他。

乾隆《江津县志》卷二十一《蜀祀川主》明确指出，最初被官方认证为川主的是隋人赵昱："按《通志·外纪》载《嘉定志·名宦》云：隋赵昱，青城人，与道士李珏游，累辞征聘。后炀帝征为嘉州太守，时州有蛟为害，昱令民慕舡数百，率千余人，临江鼓噪，自披发仗剑入水，有七人亦披发仗剑入水，随之天地晦暝。少顷，云雾敛收，七人不复出，惟赵昱左手持剑，右手提蛟首，奋波而出。河水尽赤，蛟害遂除。开皇间，挈家入山，踪迹不复见。后有运饷者，见昱乘白马，引白丈，一童子腰弓挟弹以从，骑从如平生焉。唐太宗封为'神勇大将军'，庙祀灌口。明帝幸蜀，进封'赤城王'。宋张咏治蜀，蜀乱，咏祷祠，乃得神助；蜀平，事闻，封'川主清源妙道真君'。今所祀川主者，赵昱也。或谓川主祀秦蜀守李冰，而李冰实无川主事焉。"光绪《广安州新志》卷四十二《川主庙乃赵昱》亦云："《蜀雅》：隋赵昱，青城人，炀帝征为嘉州太守。时州有蛟为害，昱自披发仗剑入水，斩之，蛟害遂除。唐太宗封为'神勇大将军'，宋封'川主清源妙道真君'。世谓川主祀秦蜀守李冰者，误。"诸如此类，皆一致否认李冰的川主身份。

对于赵昱的职称，同治《嘉定府志》卷三十二有着不同的意见："按《隋书》，炀帝末年废州置郡，曰眉山。至唐初，乃复为嘉州。昱官嘉州在大业中，是眉山太守，非嘉州刺史也，《省志》误；《神异传》以为犍为郡，亦非。嘉改犍为不久，且在唐时，非隋也。"不管赵昱是何处的太守，"川主清源妙道真君"确为他的封号无疑。追究起来，这个封号乃是宋真宗准益州知州张咏之请求特意加封给赵昱的。

李冰伏龙，实际上是对其治水行为的神化。赵昱斩蛟，亦然。因此，才有《柳先生龙城录》"时嘉陵涨溢，水势汹然，蜀人思昱"之类的情境描写。从神话学的角度来看，嘉州太守赵昱斩蛟的故事或许就是蜀郡太守李冰伏龙传说的"文本再生"。

据说，赵昱斩蛟时才二十六岁。那么，他的生日又在哪一天呢？

清初文学家褚人获《坚瓠集》卷一曰："六月二十四日为清源妙道真君诞辰，吴人祀之，必用白雄鸡，相传已久"（注意：古人祭祀李冰，用的是羊）；民国《吴县志》卷三十五著录了江苏吴县的"清源妙道真君庙"，此庙所供奉之神即赵昱，并注云："俗称灌口二郎神庙"，"相传六月二十四日为神生辰"。乾隆《济宁直隶州志》、道光《邻水县志》、同治《苏州府志》均引述明人皇甫汸《长洲志》云："神姓赵名昱，灌州人也。……相传六月二十四日为神生辰，倾城男女奔赴以祈灵贶。"吴县人顾禄《清嘉录》有"二郎神生日"一条，不但引了《长洲志》《坚瓠集》，还旁征了陆灿《常熟县志》等书，用来说明：在吴人眼里，赵昱既是清源妙道真君，也是"灌口二郎神"，由于"民疾病祷之，无不应"（患病者痊愈，即为应），二郎神颇有点药王菩萨的意思，所以得到了人们的普遍信仰，而不仅仅限于蜀中。

赵冠李戴：李冰，赵昱，傻傻分不清

　　蜀中之外，最著名的清源妙道真君庙当数宋高宗绍兴元年（1131）所建的"二郎祠"。吴自牧《梦粱录》卷十四《东都随朝祠》条谓："二郎神，即清源妙道真君。在官巷，绍兴年间建祠。《旧志》云：东京有祠，随朝立之。"潜说友《咸淳临安志》卷七十三《祠祀三·东京旧祠》亦云："二郎祠：在官巷，绍兴元年立。《旧志》云：东京有祠，即清源真君。"这个二郎即赵二郎赵昱，其祠位于南宋都城临安府（杭州）御街中段官巷内。寿安坊旧名"冠巷"，俗呼"官巷"。据《旧志》可知：北宋东京汴梁城（开封）里就有该祠，随宋室南渡又移建了杭州。

　　清源妙道真君，可以简称为"清源真君"或"清源"。宋代词人、书画家杨无咎（1097—1171）《逃禅词》即有《二郎神（清源生辰）》一首。其中云："灌口擒龙，离堆平水。"有意无意之间，把赵昱和李冰搅在了一起。

　　元代刘应李辑《新编事文类聚翰墨全书》卷十一载有《清源真君生辰（六月二十四日）》一文，歌颂的也是赵昱的功绩和神通："孟秋行白帝之权，尚迟六日；中夏庆清源之圣，诞降九霄。易地欢呼，与天长久。共惟清源真君，秀储仙洞，威震灵关。破浪兴妖，随显致龙之手；含沙射影，特彰斩虿之功。佐泰山生死之司，护秽迹慈悲之教。某恩蒙波润，且遇河清，五十四州咸仰西川之主，亿千万岁永绥东土之民。"民国《什邡县志》录纪某《显英宫创建大殿乐楼碑记》挪借并化用了上文之语，略云："如我川主显英王之事迹则可考而知之，姓名则不可考而定者也。何言之？王号大安，李姓冰名，秦孝王时为蜀守：凿离堆，铸铁牛；破浪除妖，随显屠龙之手；含沙射影，特彰斗牛之秀；储仙洞，威全川。其子二郎灵迹数现，厥功亦伟，宋徽宗封为清源妙道真君，父子崇祀灌口，此一说也。"如此这般，又将赵昱、李冰、李冰之子李二郎三人混为一谈。事迹已然纠缠不清，赵昱的生辰日期被嫁接到李冰身上或李二郎身上也就不足为怪了。

清代，有识之士还是分得清李冰、李二郎、赵昱三人的。王培荀《听雨楼随笔》卷四云："川省各邑皆有川主庙，有以为灌口二郎神者。二郎，秦太守李冰之子，佐父治水有功。冰有祠在灌口，旁有川主庙，土人以为李二郎，对庙有赵公山。按隋赵昱斩蛟在嘉州，或云在犍为，宋封'川主清源真君'，则川主应为赵公，相传隐于赵公山，故灌口有祠。宋时，二郎庙亦极盛。合为一则误矣，有识者多辨之。"很显然，王培荀（1783—1859）看到的格局已同今天的二王庙没有什么大的差别了：二郎庙（川主庙）和李冰祠已经合而为一，二郎在前殿，李冰在后殿。

二王庙，伏龙观，赵公山，都是赵昱的道场

蜀中祭祀赵昱的地方，今犹存乐山市之龙神祠。该祠新塑了一尊赵昱铜像，依然是持剑奋波而出的样子。其实，据"川主清源妙道真君圣诞"之说可以推知，二王庙前殿的二郎神原本应该也是塑的赵昱之像。只不过后来的塑像者受了《封神演义》《西游记》等小说以及《劈山救母》等戏曲的影响，才把二郎神错误地补塑成了杨戬的模样。

为什么这样讲呢？看清代二王庙前殿的变通处理即可明白。

当时，殿外回廊左立一柄三尖两刃刀，高3米左右，铁质；右立一头哮天犬，亦系铁质，与三尖刀同为乾隆初道士王来通主持增铸。众所周知，三尖刀和哮天犬都是面

生三目的杨戬之标配。而赵昱曾是灌口二郎神，显然已不被王道士所了解了。

然则，赵昱为何叫二郎呢？答案就藏在《柳先生龙城录》卷下《赵昱斩蛟》"赵昱，字仲明，与兄冕俱隐青城山"一句之中。他前面有个叫赵冕的哥哥，所以谓之二郎。《柳先生龙城录》虽然署在柳宗元名下（实为宋人王铚所著，而假托柳氏大名），但毕竟不是通俗作品，王道士大概率是没读过。

二王庙的对岸是大面山，因赵昱又得名赵公山。所谓"与兄冕俱隐青城山"是就大范围说的，具体则在赵公山。这就像对本地而言，都江堰是独立的一个市，但对外地而言，都江堰只是成都的一部分。二王庙所在的玉垒山坐落于灵岩山（中有"喜雨坊"，落成于嘉庆二十一年，上刻"第五洞天"诸字。第五洞天，是道教系统对青城山的排名称谓）下，清代人却呼为"青城之玉垒"。紧邻青城山的赵公山，当然也是"八百里青城"的一部分。倘若按照当代行政区划来看，古人所称青城山实际上地跨了今都江堰市、崇州市、大邑县及汶川县相邻地区，真可谓西南群山之中的"广大教化主"。

兴许是将"赵仲明"与"赵公明"弄混淆了，现今官方对外大肆宣传：赵公山是赵公明的归隐处，赵公山是成都的财神山。殊不知，前人众口一词，均认为赵公山是赵昱隐居之山。例如，黄廷桂等监修《四川通志》卷二十三《灌县》曰："赵公山：在县南九里，隋嘉州太守赵昱居此，有道术，斩蛟治水。"嘉庆《四川通志》卷十《舆地·山川》"赵公山"条全抄此文而不改；《四部丛刊》清史馆进呈钞本、嘉庆重修《大清一统志》卷三百八十四《成都府一》只在"县"前冠一"灌"字，其余也照搬照抄。又如，嘉庆《汉州志》卷十四《祠庙》曰："灌县南九里赵公山，以赵昱得名。"又如，光绪《增修灌县志》卷二《舆地志·山川》"大面山"曰："隋嘉州太守赵昱与兄冕隐此，故名之曰赵公山。"又如，李调元《新搜神记》卷十一《神考上·川主》曰："今灌县有赵公山，即公隐处也。"此"公"即其上文之"隋青城人赵昱"。又如，彭袭明《青城近记·山脉与诸峰名称位置》曰："大面山：拔海三千余公尺，为青城主峰。以隋贤赵昱隐此，故又名赵公山。"又如，王文才《青城山志》上编《群山》曰："青城最高顶为大面，一名赵公，因隋赵昱隐此故也（按：山因昱而名，乃明清时人之说。《古今图书集成》引《四川总志》：灌县赵公山，'在治南，隋嘉州太守赵昱居此，有道术，斩蛟治水，封川主'……）。"这样的例子还可举出很多，可见乃是共识。

青城人，灌州人（灌州，灌县，灌口，均系都江堰市的旧称），赤城王（青城山又名"赤城山"），是三实一，换今天的话说，赵昱就是都江堰人。可吊诡的是，今天的都江堰全域却没有赵昱的落脚之地。二王庙，伏龙观（光绪《黔江县志》卷二陈三善《显英王女像考》"灌口伏龙祠祀李公、二郎、赵公三神"），赵公山，都曾是他的道场，如今全被集体遗忘，除了曾经的庙名（乾隆《灌县志》、嘉庆《锦里新编》等书皆称二王庙为"二郎庙"）和二王庙每年应节所悬挂的横幅（"隆重庆祝川主清源妙道真君圣诞"）偶尔令有心人思索之外，很多历史细节恰似玉垒浮云，眼看就要飘得无影无踪了。

赵昱被遗忘的深层原因，会有哪些呢？或许正如光绪元年刻本《彭水县志》所分析的那样："考赵与李皆以治水立功于蜀，并有川主之称。然李先而赵后，且李所治为全蜀上源，赵则仅在嘉州而已。又李之淘滩作堰，功在生民，尤能以除害者兴利，不徒以异迹见称。若赵之斩蛟，但以道术神异捍一时之灾，不能使千载之后民食其利也。故国朝奏定李冰封号为敷泽兴济通佑王、二郎为承绩广惠显英王，而赵昱封号皆系前代所加，国朝并未议定，则宾主判然矣。"光绪二十年刻本《黔江县志》亦云："按川主，秦蜀郡太守李冰也。李公治水，淘滩作堰，功德在民。其子二郎复以神力佐公制孽龙，故川民祀之为主。国朝封冰敷泽兴济通佑王、二郎承绩广惠显英王。或谓为嘉州斩蛟之赵昱，非也。盖李所治为全蜀上源，赵则惠仅一州，故国朝亦未给与封号也。"这虽有点以功劳大小论英雄的嫌疑，亦可聊备一说吧。

乐山市龙神祠赵昱铜像。李承志摄

汉画像中栩栩如生的"天府之国"

在四川参观博物馆，或者游览名胜古迹，观赏书法题刻，可于不经意间看到这样几个高频词前后脚地出现："沃野""沃野千里""天府""天府之国""天府之土"。它们如今都是四川或成都平原的代名词，也都是四川人的口头禅，脱口而出之时，形诸笔墨之际，总洋溢着满满的自豪与骄傲。

天府：从关中平原转移到成都平原

在西汉定都之前，"沃野千里""天府之国"等等溢美之词指称的却是秦国统治的区域，尤其是关中平原。国别体史书《战国策》曾以著名外交家苏秦的名义这样描述秦国："西有巴、蜀、汉中之利，北有胡貉、代马之用，南有巫山、黔中之限，东有崤、函之固。田肥美，民殷富，战车万乘，奋击百万，沃野千里，蓄积饶多，地势形便，此所谓天府，天下之雄国也。"秦末汉初，刘邦的谋臣张良做

了意思差不多的复述："夫关中，左崤、函，右陇、蜀，沃
野千里，南有巴蜀之饶，北有胡苑之利。……此所谓金城
千里、天府之国也。"

直到张良死了一百余年之后，"沃野千里"才开始被蜀
人借来形容蜀地，尤其是成都平原。有着"西道孔子"盛
誉的成都人扬雄在其赋中深情写道："蜀都之地，古曰梁
州。禹治其江，浔皋弥望，郁乎青葱，沃野千里。"大禹
治水成功之后，分天下为九州，其中的梁州对应着蜀地。
抬望眼，蜀地水网密布，陆地丰腴，植被郁郁葱葱，真可
谓"沃野千里"。沃者，灌溉也。言其土地有灌溉之利，
故云沃野。当然，早于扬雄几十年，关中史学家司马迁就
拿"沃野"二字赞美过巴蜀和成都平原。而蜀地之所以能
成为沃野，主要是得了都江堰灌溉之利，正如关中平原之
所以能成为沃野主要是得了郑国渠灌溉之利。

元封五年（前106），汉武帝改"梁州"为"益州"。
关于蜀地为什么能取代关中而成为新的沃野，益州学士秦
宓有着自己的分析："蜀有汶阜之山，江出其腹，帝以会昌，
神以建福，故能沃野千里。"讲得很玄虚，但江（实即岷
江，都江堰就建于其上）水之利显然仍是其根源之一。

在《周礼》里，"天府"是国家宝库的意思，"凡国之
玉镇大宝器藏焉"。《庄子》用"天府"来形容一种"注焉
而不满，酌焉而不竭"的境界；后世言其土地富饶，应有
尽有，亦云天府。最早用"天府"和"沃野千里"一起来
称扬蜀地的是刘备的谋臣诸葛亮，他说："益州险塞，沃野
千里，天府之土，高祖因之以成帝业。"高祖即刘邦。诸葛
亮这句话，只是把张良所言的范围做了挪移，从关中平原
挪到了成都平原。

那么，由谁来佐证司马迁、扬雄、秦宓、诸葛亮这
些两汉名人所言不虚呢？或者换个问法：除了这些名人之
言，是否还有别的非文字的资料能表明四川是新的天府之
土呢？

历史，本如云烟，过眼即逝，幸好有文字和图像，可以存其梗概。或深埋于地层之中，或尘封于古卷之内，有时也以漶漫残碑的形式一直待在人们时常经过的路上和路旁，等待着有缘且有心的学者来发掘、来拓印、来释读、来复原。

画像砖和画像石，就是大多深埋于地层之中的历史载体，以图像或图文并茂的形式与传世文献遥相呼应、互相补证。

两汉时期主要装饰在墓室、祠堂中的带有画像的砖和石，谓之"汉画像砖""汉画像石"。汉画像砖以河南、四川两省出土最多，山东、陕西、江苏、湖北、江西、云南等地也有少量发现。汉画像石则多发现于山东西部、南部，江苏北部，四川西部的岷江地区，河南南阳，陕西绥德，山西吕梁等地。

汉画像砖和汉画像石的题材广泛，内容丰赡，那栩栩如生、活灵活现、富于动感、无与伦比的艺术表现技法，生动具体地展示了汉代文化的厚重和博大精深，就如当时的照相留影一般，补充了文字记载的不足，变平面为立体，是研究两汉时期社会、风俗、文艺的宝贵实物资料，有着独特的历史地位和极高的文物价值。

梳理四川历年出土的汉画像砖和汉画像石，我们会惊喜地发现，其中有不少完全可以作为定格的影像资料，来佐证司马迁、扬雄、秦宓、诸葛亮等人的沃野天府之论。

弋雁获稻，水居千石鱼陂

元鼎六年（前 111），司马迁奉汉武帝之命出使巴、蜀、滇，这是汉朝经营西南大政的重要一环。此前，郎中将唐蒙为了修通"西南夷道"，劳师动众，引起了"巴蜀民大惊恐"，眼看就要哗变，成都人司马相如受命前往，好一番书面晓谕、口头安抚，才算稳定下来。同时，邛、筰（今四川西昌、汉源一带）等地的首领也归顺了汉朝。十九年后，司马迁比他的前辈们走得更远了，不但到了巴蜀以南，而且还抵达了滇中腹地昆明（比现在的昆明范围大）。这一年，汉朝设立了牂柯、越嶲、沈黎、文山、武都五郡。至此，西南的经营才算是更具体化，真正告了一个段落。司马迁这一次的收获，除在国家方面不言外，在文学上乃是《西南夷列传》《货殖列传》等很有韵致的地理散文之产生。

在《货殖列传》中，司马迁追忆道："关中自汧、雍以东至河、华，膏壤沃野千里。……巴蜀亦沃野，地饶卮、姜、丹沙、石、铜、铁、竹木之器。南御滇、僰，（容易得到）僰僮。西近邛、筰，（容易得到）筰马、旄牛。然四塞，栈道千里，无所不通，唯褒斜绾毂其口，以所多易所鲜。"看样子，司马迁与很多古人一样，也是从褒斜道进入蜀地的。蜀中虽为四塞之地，蜀道虽有上天之难，但栈道千里相连，物资与文化想通往外界，也是势不可当的。以三星堆遗址、金沙遗址为文明代表的古蜀时期已跟外域有了多样的交流，何况是繁荣开放的西汉"五都"（洛阳、邯郸、临淄、宛、成都）时期呢？

东汉史学家班固虽未踏足蜀中，却在《汉书·地理志》里延续了司马迁定下的阳光主旋律，他说蜀郡"土地肥美，有江水、沃野、山林、竹木、疏食、果实之饶。……民食稻、鱼，亡凶年忧"。

有一种方形画像砖（见图1），考古工作者命名为《弋射收获画像砖》，可以当作班固这段话的直观图示和艺术表达。

该砖为模制而烧成，有的还施以色彩。由于是批量生产，所以在四川不同的地点、不同的墓葬中频繁出现，而保持着相同的画像。例如成都市羊子山1号、2号、10号

图1　四川成都羊子山汉墓之《弋射收获画像砖》拓片

砖室墓，就均有嵌装。它们的尺寸差别不大，高和宽皆在40厘米上下。

　　该砖画面被一分为二，上宽下窄，既相互独立，又浑若一体，颇有影视分屏之感。上部可视为"弋雁图"：季秋之月，草木黄落，郊外泽畔，有二人（也许都是掌弋射的汉代武官"伙飞"）厉饰戎装（其风格似跟山东临沂金雀山汉墓帛画武士的相近），张弓弋射鸿雁（却不见矰矢，或表示已射出，可能是为了画面美观而故意留白不绘），矰矢上（留有穿孔）拴有细长缴绳系连在地面之繶（"矰缴机"）上；下半可视为"获稻图"：南亩之中，三个扎椎髻、穿胫衣的农民躬腰拿铚以掐穗，另两个则扬臂挥钺刈除已去穗的谷草，最左侧是一送餐的，餐罢，手提饁具，肩担稻捆，正准备归去。

图2　四川灌县出土之《淡水养殖画像石》。付三云供图

　　合并两幅画面而观：又到一年弋获时节，天上飞鸿，水中浮凫，游鲤戏莲，稻香田间，好一派天府之国的鲜活气象，让人总忍不住会想起《诗经》里的咏唱："鸿雁于飞，肃肃其羽""弋言加之，与子宜之"；"十月获稻，为此春酒""宜言饮酒，与子偕老"。不过，倘若换"获稻"为"缫丝"的话，唐宋诗里所营造的意境或许更加贴切："野院罗泉石，荆扉背里间。早冬耕凿暇，弋雁复烹鱼"；"羹臛芳鲜新弋雁，衣襦轻暖自缫丝。农家岁暮真堪乐，说向公卿未必知"。

　　如果说《弋射收获画像砖》之"弋雁图"展现的还是成都平原野外的池泽，还比较原生态，那么1964年出土于灌县（今都江堰市）、现陈列于都江堰景区伏龙观内的《淡水养殖画像石》（以下又称"石刻水塘"。见图2）就微缩地刻画出了汉代成都人工水塘的基本面貌，殊为典型。这种水塘，借《史记·货殖列传》的词来讲，即为"鱼陂"。

　　该石刻水塘长151厘米、宽85.2厘米、厚17厘米，拼图式地被分成了三个部分：左侧秧田内雕刻有树1棵、船1艘、秧团3束，其间八人俯身劳作，另有一名妇女撑着阳伞怀抱婴儿从旁观看；右侧上半部水塘内刻莲蓬5朵、

田螺 3 个、蛙 2 只、鸭 3 只，设平开水闸和梯形水栅各 1
处；西汉蜀郡辞赋家王褒《僮约》曰："后园纵养，雁鹜百
余"，鹜即是塘养的家鸭。右侧下半部水塘内刻莲叶 2 片、
螃蟹 1 只、鳖 1 只、鱼 5 尾，亦设平开水闸和三角形水栅
各 1 处。两处水栅形态虽异，但都是为了防止各种水产品
在水闸放水时趁机溜掉或乱窜。隔开左右三个区域的纵横
两条边框，则可视作田埂。

《华阳国志·蜀志》曾浓墨重彩地描写李冰兴修都江
堰后的成都平原："冰乃壅江作堋，穿郫江、捡江，别支流
双过郡下，以行舟船。岷山多梓、柏、大竹，颓随水流，
坐致材木，功省用饶；又溉灌三郡，开稻田。于是蜀沃野
千里，号为'陆海'。旱则引水浸润，雨则杜塞水门。故记
曰：'水旱从人，不知饥馑，时无荒年，天下谓之天府也。'"
石刻水塘内的平开水闸与此处所谓"水门"或许大小有别，
但同样起着控制流量和调节水位的作用：插秧时则杜塞水
闸，让水浸润秧苗；分蘖期则打开水闸，排水晒田。《淡
水养殖画像石》用船象征秧田蓄水时，用伞表示旱季曝晒
时，非常巧妙。

《华阳国志·蜀志》又云："其筑城取土，去城十里，
因以养鱼，今万岁池是也。城北又有龙坝池，城东有千秋
池，城西有柳池，西北有天井池，津流径通，冬夏不竭，
其园囿因之。"讲的是成都城外各方皆有池泽，它们之间
均与水渠连通，冬夏水流不竭，人们在里面养殖四季鱼类；
池旁又建有园囿，可以栽培树木等。如此这般，循环反复，
产业链就形成了，经济与生态皆可持续发展。石刻水塘所
表现的，同样可以达到"津流径通，冬夏不竭，其园囿因
之"的效果，《淡水养殖画像石》上的那棵树即是园囿的
象征。

吃在四川，玩在四川，自古而然

从户外农作、收获归来，人们又要为口而忙。过厅堂，下厨房，每天必须重复多次。

四川省博物院收藏有两方彭州出土的"庖厨画像砖"，烟火气息浓郁，可以让我们穿越千年，一窥汉代的厨房风光、室内布局以及建筑特色。

一方（其拓本见图 3）画面里用两个檐角象征四面斜坡的曲檐屋顶，即"四阿顶"。屋顶是中国古典建筑最富代表的部分，在出土的汉代建筑明器中，屋顶形式颇多，有硬山、两坡悬山、歇山顶、攒尖和四阿顶，明清时期所用的屋顶形式几乎都已出现。其中以四阿顶和悬山顶最为常见，前者四面排水，后者两面排水。

四阿式屋顶下是一间厨房，左边有二人跪坐在长案

图 3

图 4

后，正在准备菜肴，他们的身后有一木架，悬挂着三块生肉。右边是一长方形灶台，上置一釜、一甑，灶前站有一人，伸手在甑上操作。近年来，四川汉墓中相继出土了一些陶灶模型，与画像上的灶完全相同。

另一方（见图 4）省去屋顶，直接特写厨房。画面左边有二人席地坐于长案之后，正在持刀切食物，他们一边动手，一边交谈，背后亦竖一架，挂着两个肘子和一块生肉。右边三脚架上支一大釜，釜下燃烧木柴，一人跪坐于釜前，正在摇扇助火。稍远处还有重叠的四个食案，上面整齐地摆放着碗、盘等餐具。

自从有了都江堰源源不断的滋润，成都便率先进入了"水旱从人，不知饥馑，时无荒年"的新时代，整个平原很快就变成了沃野。《山海经》提到的"膏菽""膏稻""膏黍""膏稷"，《史记》记载的特大号芋头"蹲鸱"，便是这沃野在战国时期特产的主食和杂粮。两汉时期的成都人当然也一如既往地勤劳，这才有了竹木、蔬食、果实、鱼肉之饶，成都博物馆展览的那盒出土于成都凤凰山汉墓的

"谷物与果核"，《弋射收获画像砖》上的稻鱼和雁凫、成都曾家包汉墓画像石上的鸡鸭禽兽、彭州"庖厨画像砖"上的猪肉，即是最好最生动的写照与证明。

食足饭饱之后，知荣辱、懂礼节的成都人便开始大搞文娱活动。其中最重要的一项，就是驾马乘车出城郊游，这个习惯一直延续至今。

至于当时是什么马什么车，《华阳国志·蜀志》有零星记载：成都"城北十里有升仙桥，有送客观。司马相如初入长安，题其门曰：'不乘赤车驷马，不过汝下也。'于是江上多作桥，故蜀立里，多以桥为名。"赤车，是汉代显贵者所乘的红色马车。《后汉书·鲜卑传》云："邓太后赐燕荔阳王印绶、赤车参驾。"由驷马驾驭，极言其大而豪华。今天成都城北的"驷马桥"不过是借用司马相如那句著名的奋斗誓言（题写在升仙桥旁的"送客观"门上，并非后世诗文用典时以为的桥柱之上）来命名而已，当年的升仙桥早已灰飞烟灭，只能在出土汉砖上的画像中得其仿佛。

四川博物院藏"车马过桥画像砖"（见图5、6），1956年于成都市跳蹬河出土，长45.5厘米、宽40厘米、厚6厘米。画面下方为一座有栏杆的平板木桥，桥板横竖交铺，下有桥柱四排，每排四柱。左端桥头略有坡度，双马挽一有盖轺车疾驰过桥。车上载着两位乘客，右前一人乃御者，其左一人为官吏，车后一骑紧紧相随。从车制和骑从来看，该车非一般导从之车，应是主车。此砖清晰刻画出汉代梁柱桥的所有结构，为研究汉代古桥建筑提供了宝贵的图像资料和实物例证。

轺车是一种汉代最常见的小型车辆。轺者遥也，遥者远也，故又名"遥车"，取其在车厢里可往前后左右四个方向远望之意。轺车的车厢均敞露，四面没有车衣遮拦，而且内部空间较为狭小。《汉书》说王莽时有个巨人叫"巨毋霸"，身形太过高大，以至于"轺车不能载，三马不能胜"，最后只能用赤车驷马那样的"大车四马"来载他才

图 5　四川博物院藏东汉"车马过桥画像砖"

图 6　上砖之拓片（今藏重庆三峡博物馆）

行。由于车厢小，故车速快，所以辎车又被称为"轻车"，常常只驾一匹马即可驰骋如风。

驾车出行之外，汉代成都人也擅于驾舟。扬雄《蜀都赋》曾浓墨重彩地描述道："迎春送腊，百金之家，千金之公，干池泄澳，观鱼于江。"

不啻此也，他们还有其他"吉日嘉会"可以饮酒作乐："置酒乎荥川之闲宅，设坐乎华都之高堂"，于水边闲宅、豪华高堂设坐置酒，这是在室内联欢；"延帷扬幕，接帐连冈"，则是在户外野餐。具体说来，延帷接帐是一种用于围隔空间的"步障"，其具体形象见于山东沂南古画像石墓的一块东汉画像石（见图7），系于地面立柱，在柱头牵拉绳索，下挂帷幔而成。步障在庭院、郊野均可使用，既能挡风遮尘保护隐私，搭建、串联、拆卸也比较方便，至魏晋南北朝时颇为流行。当代著名学者孙机先生曾溯其渊源，认为"东汉时已经有了"。今天读了扬雄《蜀都赋》，可知此种设施在西汉时的四川已经有了。

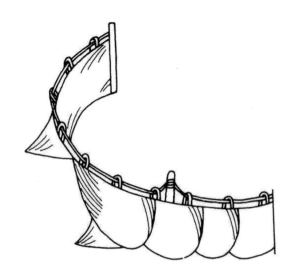

图7　山东沂南画像石上的"步障"

图 8　四川新津汉画像石之仙人六博图

　　美酿佳肴之外，席间尚有抚琴鼓瑟、歌舞伴奏、杂耍表演，就像卓文君家的家宴那样，热闹非凡。那个时候还不兴打麻将，人们喜欢"击博"。

　　博即六博，又作"陆博"，是两汉时期十分流行的一种博戏类游戏，主要以投掷六根"博"（又称"箸""箭""究"等，长条状，一般为竹制，截面为新月形）来决定步数，在特定的棋局"博局"上行棋争胜。也有直接投骰子（称为"茕"）的，但只见于实物，汉墓画像上大量出现的陆博都是投六箸。四川汉墓画像中十分流行六博的题材（见图8），对博者有常人，也有仙人。其博局分为两类，一类与其他地区所出并无二致；另一类则目前仅见于四川地区，且都出现于仙人六博的场景中，比前者更为流行。有专家将后者命名为"钩绳博局"，认为其直接体现了时人观念中最基本的宇宙模式。当时的蜀人专为仙人设计了这种博局，仙人博戏其上，直接体现了以阴阳六爻运行宇宙的哲学和宗教含义，表达了与天地同化、与造化同游的升仙思想。

　　曾家包汉墓在画像石之外，还同时出土了三块东汉画像砖，分别为"歌舞宴乐画像砖""歌舞杂技画像砖""六博画像砖"（其他汉墓也出过类似的砖），既让我们一窥当时成都生活的升平安逸，也让外地人大开眼界：原来成都人会耍会玩，是相当有传统的。

"弋射收获画像砖"详解

　　东汉"弋射收获画像砖"，又称"收获渔猎画像砖"，1954年成都羊子山2号汉墓出土，高45.8厘米、宽40厘米。此砖画像很有代表性，1956年被印制成特种邮票，而各类教材里也历来都有收录。

　　对该画像的具体内容，中国国家博物馆网站解说（王永红撰文。以下简称"王文"）如下：

　　此砖画像由上下两部分组成。上部为弋射图，两弋者张弓仰射，其所使用的短矢上系着缴，另一端连接在磻上，磻被放置在半圆形机械中；湖池中荷叶遮掩，莲花吐芳，鱼鸭游弋，空中飞雁成行。弋射是指人们以丝缕系矢射鸟的活动。弋者所用的短矢叫"矰"，丝缕叫"缴"，其另一端系着可以滑动的磻，图上的磻被装在一种半圆形的机械里。

　　下图为收获图，描绘了肩挑稻捆、用手镰掐穗和用钺镰刈除稻秆的场面。左边3个割穗人单手使用手镰，右2人用大钺镰除去禾秆。这块画像砖把当时的农、渔、猎等生产情况统统表现了出来。

　　汉代的收获农具有铚、镰等。铚用于掐禾穗，即上述收获图中所用的工具，相当于现代的爪镰。钺镰是汉代较先

进的农具，装上木柄，刈禾面积宽，功效高，四川新津牧马山汉墓曾有实物出土，与收获图中的铍镰相似。（按：四处铍字系笔者追改，原文讹）

除此之外，刘志远、沈从文、孙机等人对画像也均有详略不同的释读，而其中又数刘氏《四川汉代画像砖反映的社会生活》一文（以下简称"刘文"）讲得最言简意赅——

"弋射""收获"图砖生动地反映了当时蜀地的农村景象。正是秋高气爽的收获季节，天空雁鹜飞翔，池中荷花放苞，田里稻谷满穗。上半部的莲池中，绿叶掩盖，花实茂密，水鸭、游鱼，浮泳其间。弋射者二人，隐蔽在池岸树荫（即"簚"）下，以矰缴弋射。二人身旁各置一籫，以收线。下半部是收割水稻图，中间三人弯着腰正在收割谷穗，右二人持刈钩，刈谷草。左一人一手提篮，肩上挑起一担扎好的谷穗。可见当时蜀地收割水稻乃先割谷穗，再芟草。（按：簚、籫二字系笔者追改，原文误）

先来说文解字。磻字，见《说文·石部》，音播，意思是"以石箸隿缴"（隿同弋，缴射曰弋）；为了避免射中的鸟类带矢曳缴（生丝缕）而逃，便在缴绳末端拴坠圆形石头，此石即磻（其形象见于河南辉县琉璃阁出土的战国狩猎纹铜壶的图像中）。铍字，见《说文·金部》，音泼，意思是"两刃，有木柄，可以刈草"的弯头长镰。铚字，也见《说文·金部》，音至，意思是"获禾短镰"。籣字，见《说文·竹部》，音严，意思是"隿射所蔽者"；弋射时用以隐蔽弋射者的物体，即为籣。觿字，见《说文·角部》，有废、跋、发三种读音（废音见《说文》，跋、发二音见《集韵》），意思是"隿射收缴具"；弋射后回收矢、缴的器具，即为觿。

再来评议王文与刘文的得失。

"磻被装在一种半圆形的机械里"，并没有表述明白。所谓半圆形的机械，实即觿（《重庆市博物馆藏四川汉画像砖选集》、刘文及沈从文均执此说），乃是一种"竹木架子"（沈从文语。其又谓之"矰缴架子"），用时可插入固定于地面，走时又能拔出携带。架子内装插有四枚像纺锭的轴，可转动以缠绕缴绳。这种绕缴轴，在江苏邗江胡场5号西汉墓中出土过实物，可以视为磻的升级版。孙氏却认为此轴即觿，显然不对。

池岸树荫即"籣"，有点牵强。图中树叶已落尽，显然两个弋射者无荫可蔽。而籣字的偏旁既是竹头，应为一种人工所做的竹制品。《礼记·月令》曰："田猎，罝、罜、罗、网、毕、翳、餧兽之药毋出九门。"陈澔注："七物皆不得施用于外，以其逆生道也。"与罝、罜、罗、网、毕等猎具并列的翳就是籣。图中环境位于九门之外的郊野，所以根本没有设籣之必要。

王文第三段本自孙机《汉代物质文化资料图说》："整齐成行的水稻由2男1女用铚掐穗；他们前面的2人则用铍刈除已去穗的稻秸以沤肥。过去曾认为铍也是收割谷物的农具，这块砖上的图像否定了这种说法。"（人物性别和"沤肥"的判断，恐怕属于臆测。）然而，这似乎又与《六韬·农器》"春锄草棘"之说相悖了。或许因此，刘文才避开"稻稭""稻秆""禾秆"诸词不用，而特意选了四川话之"谷草"。刘文定刈谷草的工具为"刈钩"（江、淮、陈、楚之间谓之"铚"，或谓之"鑘"，自关而西或谓之"钩"，或谓之"镰"，或谓之"锲"），这也是一种大镰刀，不妨与"铗"并存待考。

画像中的时令，刘文说是"秋高气爽的收获季节"。其实还可更进一步，定为季秋之月。《礼记·月令》记载该月的物候有"鸿雁来宾""草木黄落"，相应的人类活动则有"农事备收""执弓挟矢以猎"（可对应银雀山汉简《四时令》之"弋射田猎"）。诸如此类，在画像中均有所对应。

画像中八人的发型，沈从文《中国古代服饰研究》认为都是"椎髻"；至于服饰，负责农事的六人穿的皆为"齐腰短衣"。沈从文还称"矰缴的作用，并不是箭头直中，只是箭头缠绕鸿雁长颈"。箭头缠绕云云，准确地说，即：用矢带缴来缠绕鸿雁的颈项。这种情形已见于成都百花潭战国错银壶壶面的弋射纹样部分和西汉文献《新序》"加缯缴其颈"等记载，但在此砖上却无表露，抑或是故意省略掉了。

综上，我们做出了这样的解析——

该砖画面一分为二，既相互独立，又浑若一体，颇有影视分屏之感。从某种角度上讲，这些画像正是对《汉书·地理志》蜀郡"土地肥美，有江水、沃野、山林、竹木、疏食、果实之饶。……民食稻、鱼，亡凶年忧"、王褒《僮约》"捶钩刈刍，……缴雁弹凫"、司马相如《子虚赋》"微矰出，纤缴施，弋白鹄，连驾鹅"等等的直观图示和艺术表达。

上部为"弋雁图"：季秋之月，草木黄落，郊外泽畔，有二人（也许都是掌弋射的汉代武官"弋飞"）厉饰戎装（其风格似跟山东临沂金雀山汉墓帛画武士的相近），张弓弋射鸿雁（却不见缯矢，或表示已射出，可能是为了画面美观而故意留白不绘），缯矢上（留有穿孔）拴有细长缴绳系连在地面之繴上；下半为"获稻图"：南亩之中，三个扎椎髻、穿胫衣的农民躬腰拿铚以掐穗，另两个则扬臂挥钺刈除已去穗的谷草，最左侧是一送饭的，肩担稻捆，手提饎具，好像正准备归去。

合并两幅画面而观：又到一年弋获时节，天上飞鸿，水中浮凫，游鲤戏莲，稻香田间，好一派天府之国的鲜活气象，让人总忍不住会想起《诗经》里的咏唱："鸿雁于飞，肃肃其羽"，"弋言加之，与子宜之"；"十月获稻，为此春酒"，"宜言饮酒，与子偕老"。不过，倘若换"获稻"为"缫丝"的话，唐宋诗里所营造的意境或许更贴切："野院罗泉石，荆扉背里间。早冬耕凿暇，弋雁复烹鱼"；"羹臛芳鲜新弋雁，衣襦轻暖自缫丝。农家岁暮真堪乐，说向公卿未必知"。

补记：

上文完成后，方才看到徐无闻的"汉弋射收获图砖"拓本题记，现转换繁体字为简化字，并标点如次："此成都市郊出土汉画像砖之一。图下方为田野收获情景：右二人挥镰刈禾，后三人俯身张臂收禾，左端一人左肩担禾，右手提榼。《诗·豳风·七月》云'八月剥枣，十月获稻''同我妇子，馌彼南亩'，即此所图之景也。上方为莲塘，塘中近有鱼，远有凫。塘岸树荫二人奋力张弓，以缯缴射空中群雁，雁东西惊飞。此砖图绘古代农村生产劳动，生动传神，诗情画意，完满具足。数十年来，川西所出汉画砖不下百种，必以此砖为第一。"榼，原意为酒器，此大概指食盒。徐文与我文不约而同，也联系到了《七月》之诗句。

随即又发现汪冰霜《浅析艺术中的工匠——以汉代〈弋射收获画像砖〉为例》一文，其中一段曰："汉代《弋射收获画像砖》是一种方形画像砖，目前能有确切出土地的有：成都市扬子山1号砖石室墓、成都市扬子山2号砖石室墓、成都市扬子山10号砖石室墓、成都市昭觉寺砖石室墓、成都市曾家包2号砖石室墓、成都市西门外墓等，此外在四川平原及附近地区先后出土了10块左右，这些画像砖的尺寸基本相同，高40—43厘米，宽46—49厘米。就该画像砖的出土及分布情况来看，可以推测出其均为模制而成，所以会在不同的墓葬、不同的地点出现同模制造的画像砖。"在成都平原及附近地区出土者，应该包括了四川博物院藏1972年大邑县安仁乡出土的那块（其画面已斑驳漶漫）。

再记：

定"弋雁图"的地点为泽畔，可以《新序·杂事二》"鸿鹄保河海之中，厌而欲移，徙之小泽，则必有丸矰之忧"为旁证。

鲍彪注本《战国策·楚四》曰："（黄鹄）不知夫射者方将修其碌卢，治其矰缴，将加己乎百仞之上，被劖磻，引微缴，折清风而抎矣。"《新序·杂事二》改写此句为："（鸿鹄）不知弋者选其弓弩，修其防翳，加缯缴其颈，投乎百仞之上，引纤缴，扬微波，折清风而殒。"碌卢，略侔于《史记·楚世家》之"弓碌"。碌，同"磻"。劖磻（锋利之石镞），乃以磻为石镞，此意出现时代太晚，不足为训；当从别本作"礛磻"，与"微波"同为一物，"礛"（攻玉之石）形容磻的材质，"微"形容磻的体积。卢即卢弓，上了黑漆的弓。据《周礼》可知，弋射用弓，则配矰矢，用弩则配弗矢，故曰"选其弓弩"。防翳，即《礼记·月令》之"翳"，也就是簸。

三星堆 神话诞生之地

三记：

上引"䂺卢"疑为"䃺卢"之讹，䃺卢乃《墨子间诂·备高临第五十三》"如弋射，以䃺鹿卷收"之"䃺鹿"。王引之云："䃺鹿犹鹿卢，语之转耳。《方言》曰'繀车，赵、魏之间谓之轣辘'，《广雅》曰'繀车谓之麻鹿'，并字异而义同。"鹿卢，又作"辘轳"。

西汉蜀人王褒《僮约》："屈竹作杷，削治鹿卢。"章樵注："鹿卢引绠以汲井。"汉时应该不叫卷收矰缴的器具为鹿卢，史晓雷《汉画万象》文中之说殆误，不过其推测"绕缴轴本身就是中空的筒状，套在竖木上"，倒有可能。

刘文定刈谷草的工具为"刈钩"，即《僮约》"捶钩刈刍"之"钩"。《诗经·周颂·臣工》"奄观铚艾"，艾通"刈"；看来，拿铚获禾，挥锛刈草，一短一长，一先一后，自古以来便是配合进行的。

四记：

《四川文物》2003年第6期佐佐木正治《三足架与拨镰——四川早期铁器的特殊性和古蜀民的汉化过程》一文对弋射收获画像有所解读，并称锛为拨镰，可参看。

五记：

2020年10月29日读徐中舒《古代狩猎图象考》一文，似乎楚有"矰弋机"之名，汉有"矰缴机"之称。

司马迁能看到怎样的蜀地风物

在成为伟大的史学家之前，年轻的司马迁已是一个不折不扣的旅行家了。

"读万卷书，行万里路"，对多数人来讲，都是终其一生的追求，但司马迁在二十六岁时接受父亲遗命开始筹备写作《史记》之前就已基本完成。在《太史公自序》中，他有这样一段文字凝练而内涵丰腴的自传："年十岁则诵古文。二十而南游江、淮，上会稽，探禹穴，窥九疑，浮沅、湘；北涉汶、泗，讲业齐、鲁之都，观夫子遗风，乡射邹、峄，厄困鄱、薛、彭城，过梁、楚以归。于是迁仕为郎中，奉使西征巴、蜀以南，南略邛、筰、昆明，还报命。"

关于这场弱冠之年启程的、足迹遍布"东南和中原的大旅行"，李长之先生《司马迁之人格与风格》一书的第四章第二节已有详述，兹不赘。围绕本文主题，我们只来说说司马迁担任郎中一职之后，他的那次西南之行，尤其是奉使西征巴蜀的一些细节。

在蜀中，司马迁望见了绵绵"汶山"（即岷山），及"汶山之下"的千里"沃野"，即今之成都平原。后来，他追忆道："巴蜀亦沃野，地饶卮、姜、丹沙、石、铜、铁、竹木之器。南御滇、僰，僰僮。西近邛、筰，筰马、旄牛。然四塞，栈道千里，无所不通，唯褒斜绾毂其口，以所多易所鲜。"（《货殖列传》）看样子，司马迁与很多古人一样，也是从褒斜道进入蜀地的。

当时已远销南越国（国都在今广州）的"蜀枸酱"，出口大夏国（一个中亚古国，位于阿富汗北部）的"蜀布、筇竹杖"（《西南夷列传》），名扬赵国（战国七雄之一）的"蹲鸱"（《货殖列传》。一种芋头，其大无朋，像蹲着的猫头鹰），司马迁大概也是有所目睹的。

蜀布既然可以出口创汇，证明在成都市面上已接近饱和。它当时的价格如何呢？在我国西北居延地区发现的汉简上记有："出广汉八稯布十九匹，八寸大半寸，直四千三百廿。"每匹大约值227钱以上。稯，又写作"緵"或"縤"。汉代织品按织作规格有七緵、八緵、九緵、十緵的分类，近似现代织品多少支纱的说法，体现着成本与质量的差异。西汉吕后时，政府为"诸内作县官及徒隶"提供的服装，"布皆八稯、七稯"（张家山汉简《二年律令·金布律》）；景帝时，依旧"令徒隶衣七緵布"（《孝景本纪》）。七緵布，或谓七升布，"布之八十缕为稯"，即麻缕80根为一緵或一升，所以，"七升布用五百六十缕"（《史记正义》）。以布宽二尺二寸计算，若是十緵布，就等于在二尺二寸的幅面上密布着800根麻经。工艺水平之细致高级，可见一斑。"广汉"汉初置郡，下辖"广汉"县。三星堆就在广汉，这里一度是朝廷倚重的手工业生产基地——"蜀广汉主金银器""主作漆器物"，反映汉代广汉郡"工官"（管理官府手工业的官署）的产业目标似乎主要在于满足上层社会生活用器的需求。而河西简文"广汉八稯布"告诉我们，蜀中的纺织业产品已经形成优势地方品牌，且可惠及大众。

最值得一提的是，司马迁还是史上第一个游历、考察、记录、宣传都江堰水利工程的名人。他在《河渠书》

里曾高屋建瓴地写道：自从大禹治水之后，"荥阳下引河东南为鸿沟，以通宋、郑、陈、蔡、曹、卫，与济、汝、淮、泗会。于楚，西方则通渠汉水、云梦之野，东方则通鸿沟江、淮之间。于吴，则通渠三江、五湖。于齐，则通菑、济之间。于蜀，蜀守冰凿离碓，辟沫水之害，穿二江成都之中。此渠皆可行舟，有余则用溉浸，百姓飨其利。至于所过，往往引其水益用溉田畴之渠，以万亿计，然莫足数也。"蜀守冰，乃是战国秦人李冰的官称。离碓，指的便是当时的都江堰，它可以避免水灾、通航行舟、灌溉田地。在《河渠书》的结尾部分，司马迁回忆说："余南登庐山，观禹疏九江，遂至于会稽太湟，上姑苏，望五湖；东窥洛汭、大邳，迎河，行淮、泗、济、漯洛渠；西瞻蜀之岷山及离碓；北自龙门至于朔方。曰：甚哉，水之为利害也！"这回，他则将都江堰进行了更准确的定位：中国之西→蜀→岷山之下→离碓。而且，弦外之意似乎已拿"冰凿离碓"与"禹疏九江"相提并论，一不小心就开了后人称赞李冰"功追神禹""功侔神禹"的先河。

为了感恩司马迁，都江堰先民在堰旁先后建立了"太史公祠"和"西瞻堂"，虽然今皆不存，但史志有载，亦可传之久远了。

仓央嘉措情诗翻译家
曾缄笔下的成都风物

1982 年，一本名为《仓央嘉措及其情歌研究（资料汇编）》的书籍由西藏人民出版社出版发行，其中收录了于道泉、刘家驹、曾缄、庄晶等人的英汉译文。或许是由于印量不大，此书并未引起足够的反响。

2010 年，热门电影《非诚勿扰 2》片尾曲歌词里有这样四句："但曾相见便相知，相见何如不见时。安得与君相诀绝，免教生死作相思。"有心的听众稍加查考，方知这原是著名诗僧、六世达赖仓央嘉措（1683—1706 ?）的一首藏文情歌，由曾缄（1892—1968）汉译为此七言绝句格式。唯一的差别是，曾缄的原文最后一句写作"免教辛苦作相思"（在《康导月刊》1939 年第 1 卷第 8 期曾氏所译《六世达赖情歌六十六首》及其外孙女曾倩家藏手稿之中，皆作"免教辛苦作相思"）。

正是这首短短的译诗，让曾缄在沉寂数十年之后重新进入了读者的视野，诸如《世间安得双全法：曾缄译〈六世达赖情歌六十六首〉探骊》之类的专业学术论文也随之而陆续问世。

六世達賴情歌六十六首　　　　曾緘譯

萬鬼同聲唱凱旋。

其五十九
卦箭分明中鵠來，籠圍如倒喜塵埃，心箭如何挽將回？

卦箭卜箭之物，羂中所喻用以決疑者，有去無捉，亦如此心易馳逐情人，共面不退也。

其六十
扎猶多生印度東，娼鸮工布嘉倡量，二鳥相去常千里，開在拉隆一市中。

其六十一
打箭會叫泰口嚏，西飛櫻不窮，亦屋致敗，資洋高歸於此似
曾到拉隆貴酒家。

其六十二
鳥對重橋似有情，塞揭恋愛鳥輕盈，若教棚鳥長如此，伺續蒼暝那一提？

墮雨情繾綺，

不纈礦研之蜂。

其六十三
結盡同心縷纏縿，此身雖短晝綿綿，與卿再世相逢日，
玉樹臨風一少年。

其六十四
分付林中解語鶯，辯才雖好且休鳴，畫眉阿姊重起時，
時必有之不入耳之誓，強聒於啓洋寓韻之唇者。

其六十五
縱使啼鶯語我真，張牙舞鳳鳦鴦異，眼前蕪菓格須嚷，
大胆將他摘一枚。

其六十六
但曾相見便相知，相見何如不見時，安得與君相訣絕，
免教辛苦作相思。
強作解脫語，意解版，必續綣，以此作結，悽然不盡。
云嘗綴在三十九首後，則索然矣。

布達拉宮

拉繩高時雨梅天，希拉宮內多令仙，黃歎一花回盃甚，僧圣生長篾謙泉，艾名吉群母天女，云娃晃王博世寰，韮瓣色相嬌媚比，玉雪肌肩緣縹中，侍臣絢豢入深宮，常頂玉佛命冠冕，璧地殼整道聲紅，高僧籍附傳輕成，魅像生水房深殿，人間佳話無由見，十五華床纊項，諾天時爾墊陀露，自關攬門出後宮，萬人侭無爭懸弄，徵行復縱拉匯福，行到拉隆貴酒家，當堰女子顏細花。

六世達賴情歌

布達拉宮調

曾緘

花間結想自綿恆，佛陀無情種不生，只歐出家裝悟道，誰知放你更多情？浮屠恩愛儘忮木，偶達天上散花人，有時潛入維摩屋，卿愛歡喜日忘餐，伴隨木魚常比目，佛國蓮花多并頭，卻嬈生水房深殿，自關攬門出後宮，行到拉隆貴酒家，當堰女子顏細花。

六九

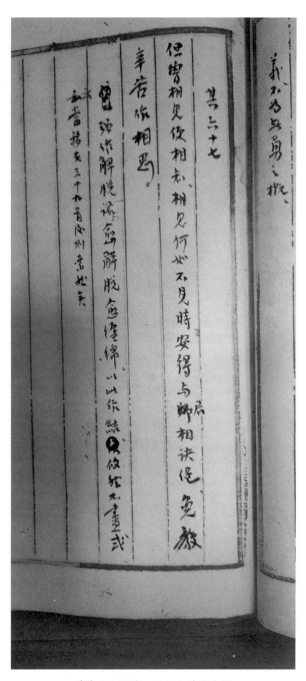

曾倩女士所藏、所拍之曾绒手稿

曾缄，究竟是何方神圣？

据巴蜀书社 2021 年 6 月出版的《康行集》(曾缄著、寸铁孙整理，全三册) 之《前言》介绍，曾缄字圣言，又字慎言，晚号寸铁老人，又号眇翁。四川叙永人。1912 年，考入北京大学文科，师从国学大师黄侃，人称"黄门侍郎"。读书期间，兼任北京《共和日报》主笔。1917 年毕业，获得中国文学学士学位。随后，进入军政两界谋生，曾担任刘禹九师部秘书、李家钰秘书、田颂尧秘书、刘文辉秘书，四川乐至、什邡、江北、雅安等县县长，四川国学专门学校教务长、四川参议会委员、民国蒙藏委员会委员、西康省临时参议会秘书长等职。在骨子里，曾缄始终是个文人，其间写了大量的诗词歌赋杂著，见诸报刊。1947 年，他辞去雅安县长一职，受聘为四川大学中文系教授，又任系主任兼文科研究所主任。

曾缄存世诗文中，有大量描写成都风景、名物、民俗的篇章，随其遗著《康行集》的整理出版，是时候纳入天府文化研究的范畴了。

成都：望得见雪山的平原城市

自古以来，成都的名誉称号众多，近年又荣膺了"雪山下的公园城市"之美名。2020 年大成都范围内，有 70 次雪山目击报告，大于 2019 年的 65 次、2018 年的 56 次和 2017 年的 50 次，创近年来新高。其中，成都观山"旺季"在七八九月。2020 年 8 月 24 日，有摄影师在成都金堂创造了 282 公里外拍摄到贡嘎雪山的新纪录。连续 4 年，除了 7 月 31 日，7 月另外 30 天均有观山记录。7 月，因此当之无愧成为成都观山幸运月。

上溯至 1954 年的 7 月，曾缄也在成都望见了雪山。

"尽情瞻玩"之后，他还"欢喜踊跃"地写下了一首《雨后见西山作歌》。歌前有一小序，略云："西山，兼汶岭雪峰而言，跨州连郡数百里，从成都平原可一览得之。嵚崎磊落，天下之奇观也。然常在云雾中，非至晴明不可见，见矣而为时亦暂，以是见忽于成都人。甲午初秋，大雨初霁，残日犹明，此山忽涌现在前……"

在宋人陆游看来，成都有"两无"："成都无山，亦无荔枝。"清人周询也说成都四面"平衍无山，山之最近者亦在六七十里外。城中人有生长未尝远行者，至不知山作何状"。此指成都城区而极言之。唐人杜甫将眼界放宽，则有诗云："窗含西岭千秋雪，门泊东吴万里船。"杜牧亦云："塞接西山雪，桥维万里樯。"西岭即西山，说的皆是立足成都城内，有时可以望见数百里之外的西部群山，只要大气能见度足够好。

从曾缄的记述可知，20世纪50年代的成都人虽有"百万稠"之多，但尚未养成观山的热情和爱好。一是因为"一年见山不数日"，太过稀罕；二是由于"营营日与尘土谋"，没有闲心。于是，曾缄便怀念起了杜甫当年在成都的悠然岁月："山川形胜谁能说，少陵老子诗中杰。曾夸岳外有他山，解道直衔西岭雪。"

可惜了杜甫这句对整个岷山的诗意广告，如今竟被人为地缩小成了一座山峰（西岭雪山）的代言。

蹲鸱：沃野上的神奇物产

或许是刻意向诗圣杜甫致敬，曾缄也有三首五言古诗直接以《西山》为题。

第一首写青城山，劈头第一句便是如今都江堰人的口头禅："八百里青城"。当然，民国时代，当地人就因此而自豪，比如灌县征收局局长陈耀升所作联语："八百里青城沃野，都从太守得来。"太守，即李冰。

第二首写岷江和岷山："雪消江水大，云起蜀山空。井络垂大象，蹲鸱乐岁丰。几时堪极目，拄笏待秋风。"并于句下自注曰："此山秋时易见。"遥遥呼应着《雨后见西山作歌》的内容与心情。诗中有三个典故，应该稍稍诠释一下。

一是井络垂曜。占星家为了用天象变化来占卜人间的吉凶祸福，便将天上星宿与地上区域对应、统一起来，提出"分野"概念，二十八宿南方七宿之首东井（即井宿，因在玉井星之东，故称东井，属于今日之双子座）的分野包括蜀地，所以又称蜀都之地为"井络之野"。道家又认为，山川精气可以上腾变成宇宙之列星。西汉末纬书《河图括地象》曰："岷山之地，上为井络，帝以会昌，神以建福，上为天井。"言岷山之地其上为东井维络，岷山之精上升为天之井星。这个观念后被文人普遍接受，例如左思《蜀都赋》"远则岷山之精，上为井络"，又如郭璞《江赋》"岷精垂曜于东井"。

二是沃野蹲鸱。《史记·货殖列传》载："蜀卓氏之先，赵人也，用铁冶富。秦破赵，迁卓氏。卓氏见虏略，独夫妻推辇，行诣迁处。诸迁虏少有余财，争与吏，求近处，处葭萌。唯卓氏曰：'此地狭薄。吾闻汶山之下沃野，下有蹲鸱，至死不饥。'"关于这种大如猫头鹰的芋头，后世还有民谣这样吟唱："大饥不饥，蜀有蹲鸱。大旱不乱，蜀有广汉。"（民国《灌志文征》卷十四，注曰："四句见古碑"）没都江堰之前，这种蹲鸱或许就一直存在；水平土肥之后，应该是取得了丰收。不然，也不会蜚声外域。

三是拄笏看山。典出《世说新语·简傲》："王子猷作桓车骑参军，桓谓王曰：'卿在府久，比当相料理。'初不答，直高视，以手版拄颊云：'西山朝来致有爽气。'"拄笏，就是以手版拄颊的意思。要注意的是，王子猷所谓西山并非杜甫所谓西山。兴许曾缄太喜欢这个典故了，便又忍不住在第三首末尾用了一次："西来多爽气，今入老夫诗。"这里顺便挪借《世说》"爽气"之典承前而点题（《西山》），妙哉！

王羲之：终生向往天府

曾缄《西山》第三首再次提及杜甫："窗对千峰雪，曾赋一段奇。客逢杜子美，游见王羲之。古哲已长往，此山终不移。"

窗对千峰雪，客逢杜子美，显然是对"窗含西岭千秋雪"的化用，自不必费口舌。至于王羲之跟西山的关系，倒是一段值得重温的传奇。

王羲之和左思一样，终身未曾入川，但这并不妨碍他们寄情益部，其真挚炽热，比宋濂有过之而无不及。与宋濂同时期而稍晚的某任夔州府官员何宇度在其《益部谈资》一书开卷即云："王逸少生平最慕蜀之山川，渴欲一游"，"虽雅志未酬，千载之下，犹与此中山水争胜。"王羲之的那些墨宝法帖，确乎可与蜀中山水比美争胜。

王羲之字逸少，琅琊临沂（今山东临沂）人，后迁会稽山阴（今浙江绍兴），晚年隐居剡县（今浙江嵊州）。对蜀地的神往终其一生，他在不同时期给不同地区的朋友写信，总是忍不住溢于言表，要么说"若蒙驱使关陇、巴蜀，皆所不辞"，要么嫌扬雄、左思的《蜀都赋》不够完备，想一"登汶领、峨眉而旋，实不朽之盛事。但言此，心以驰于彼矣"。即便到了暮年，还不死心，他向老朋友益州刺史周抚许诺："要欲一游目汶领，非复常言。足下但当保护，以俟此期。勿谓虚言，得果此缘，一段奇事也。"曾缄诗内的"一段奇"，便是从此拈出。

汶领，何宇度解释道："即岷岭，用古字也。"曾缄则写作"汶岭"，字异而意同。

连峰接岫的岷山，邛州、蓬溪、富顺等地的火井盐井，峨眉山的"夏含霜雹"，诸如此类的"山川诸奇"，让一代"书圣"魂牵梦萦了一辈子。

桐花冻：四川俗语可入诗词

曾缄有三首诗总题为《桐花冻》，第一首云："三月春寒重，唤作桐花冻。但可冻桐花，莫冻桐花风。"

什么叫作桐花冻呢？

况周颐《蕙风词话》云："蜀语可入词者，四月寒名'桐花冻'。"四月云云与事实恐有出入。曾缄《桐花冻》诗序云："蜀中三月转寒则桐子花开，蜀人名之曰桐花冻。"此言农历三月，才是正确的。几十年后，我听到的也是："穷人穷人你莫夸，三月还要冻桐子花。"

这句四川农谚，还有多个版本，词型比较殊悬的有："放牛娃儿你莫夸，还有二十四天桐子花。"油桐树开花，恰在清明时节。清明三候，"一候桐始华"，正逢农历三月初，此时季春之寒尚料峭，旧时缺衣少穿者见桐华已放，以为天气终于要热和了，便欢喜踊跃，忘乎所以，岂知温度并不稳定，稍不注意就会感冒，"春捂秋冻，不生杂病"的捂也就是这个道理。

作为蜀人，曾缄自然晓得这句广泛流传的四川俗谚，将其写入诗中，又平添了一些"以俗为雅，以故为新"的"诗人之奇"（以上皆系黄庭坚语）。

下
编

天
府
之
国

187

李约瑟参访都江堰

　　鸿篇巨制《中国科学技术史》（台湾译本名为《中国之科学与文明》）的主笔、英国著名科学史家李约瑟博士是中国人民的老朋友，在20世纪四十年代至八十年代之间，曾九度来华考察交流。最后一次，他已是86岁的耄耋老人，还坐着滑竿上了青城山。

　　李约瑟原名诺埃尔·约瑟夫·特伦斯·蒙哥马利·尼德汉，李约瑟是他后来自取的汉语名字。1942年底，李约瑟以剑桥大学生物化学教授、英国文化科学赴华代表团团员的身份，首次来到向往已久的中国，当时的《新华日报》称之为"英著名生物学者尼德汉"。随后，又以英国驻华大使馆科学参赞、中英科学合作馆馆长的身份一直待到了1946年才回国。这期间，在他当时的秘书黄兴宗、曹天钦等人的密切配合和帮助下，开着一辆英国使馆配给的、由破旧的救护车改装而成的旅行汽车，一路辗转颠簸，跑遍了大半个中国，足迹遍布云、贵、川、陕、甘等大后方及湖南、福建等。

　　其中一个重要的点位就是"中国最伟大的工程之一"的都江堰。1943年，历经沧桑的古堰迎来了风尘仆仆的李约瑟一行人。同年，李氏发表了题为《川西的科学》的系列文章，内有《灌县的灌溉工程》一节，这样记录道："对伟大的水利工程师大禹的那种不加掩饰的宗教崇拜颇具意味。成都西北部不远处有一个名为灌县的小镇，这里可以见到堪称世界之最的灌溉工程。发源于西藏的一条大河——岷江，到了这里分流。人们开凿了一条穿山而过的大缺口，在一年当中的一定季节里，用所构筑的水坝和分水堰，将河水引入这个大缺口，由此形成一条人工河，通过总长 1200 公里的大小渠道灌溉 500000 英亩良田。该工程最值得注意之点，即是早在约公元前 256 年就由蜀郡太守李冰领导修建成功，并一直利用至今。并且，中国人并不满足于纯粹地从实用角度来看待这个工程，由着他们禀性里那种将凡夫俗子神化的本领，他们在江水流经凿口的山的最外面的横岭上，为李冰修建了一座富丽堂皇的祀庙。再走过去一点，在环境同样宜人的江边树木葱郁的山上，他们还为李冰之子李二郎（也是水利工程师）兴建了祀庙。请注意这样的对比：李冰庙的前部香火颇盛，而另一个院落里却陈列着意欲改良这一工程的众多模型。工程师们将二郎庙作为宿舍，而大禹的神坛和庭院成了水文管理委员会的办公室……"

此段汉译转引自贵州人民出版社 1999 年版、余廷明等译《李约瑟游记》第 112—113 页，有几处可以略加疏解。比如，灌县是小县，而不是"小镇"，其对应的原文为"town"，翻译为中文的话，"小城"比"小镇"更贴切。岷江发源于青海省果洛藏族自治州达日县满掌乡境内的莫坝东山西麓，并非"西藏"，当然这是最新的调研成果，李约瑟当年不可能预先知晓。所谓"大缺口"或"凿口"，就是宝瓶口。"江水流经凿口的山的最外面的横岭"，指的是离堆，其上的"李冰庙"即为伏龙观。当时，观的前殿奉祭着一尊冠冕朝靴、目正座端、手握朝笏的李冰塑像（见下图），而"以二郎配享其后殿"（完颜崇实《重建敕

伏龙观之李冰塑像，今已不存

封敷泽兴济通佑王秦蜀太守李公庙碑记》），与"二郎庙"
（即二王庙）前祀二郎、后祀李冰的格局刚好相反。所谓
"大禹的神坛和庭院"，即玉垒山上的禹王宫。颇具意味
的是，李约瑟将李二郎这个传说人物历史化为凡夫俗子、
一个水利工程师，与中国人"禀性里那种将凡夫俗子神化
的本领"，刚好是相反的路径。

　　1958年，李约瑟第三次来华，第二次来都江堰，并
实地踏查、拍摄了安澜索桥——他称其为"灌县桥"。后
来，在《中国之科学与文明》一书内，他这样写道："继承

大禹事功之最显著者，在西元前第三世纪时期，秦国遣李冰于四川成都西北之灌县，兴建都江堰，为伟大之灌溉工程，闻名于世。该项工程即在岷江筑活动堰开挖引渠长七三五哩，以灌溉 50 万"英亩"之农田，由李冰创建，并由其子（李二郎）完成。当地曾建寺庙以祀之，并勒石以纪其事功"。这跟 1943 年的认识几乎没有差别，只是把引水渠的长度"1200 公里"修改成了 735 英里。"勒石以纪其事功"，指的是二王庙中"深淘滩，低作堰"等石刻箴言。

同书又云："灌县桥的原始建造日期未详，但鉴于一般原则的民俗性，以及李冰和他同时代工程师们的才干，似乎很少理由为什么该桥建造日期不会回溯至那个时期。它一定在宋朝以前。"（以上皆引自陈立夫主译《中国之科学与文明》第十册《土木及水利工程学》。）很遗憾，他这个推断是不对的。传说李冰的确修过桥，而且还不止一座，但它们均在成都城区（详见《华阳国志》），而不在岷江之上。安澜索桥的始建，恰巧就在宋朝；具体的年辰，即北宋"淳化元年"（魏了翁《永康军评事桥免夫役记》）。

作为一个国际友人，李约瑟能两次三番来都江堰，高度赞扬都江堰之伟大，并向西方世界宣传都江堰，已属难能可贵。他著述中不足的地方，不失为我们新一代学者重新出发之起点，有时想想，实在也不必太过苛责，或者说，不忍苛责。诚如钱穆先生谆谆教诲的那样，要对历史抱持一种"温情与敬意"。

尾声

Epilogue

青羊宫的前世今生

　　成都市一环路西二段坐落着一座道观，名叫"青羊宫"。说起它的来历，很多人都会提到这样一个传说："老子为关令尹喜著《道经》，临别曰：'子行道千日后，于成都青羊肆寻吾。'今为青羊观是也。"另一版本是："老子为关令尹喜著《道德经》，临别曰：'子行道千日后，以成都郡青羊肆寻吾。'今为青羊观也。"其原始出处，《景印文渊阁四库全书》本《太平御览》、《太平寰宇记》均引作《蜀本记》，即《蜀本纪》，又称《蜀王本纪》（《景印文渊阁四库全书》本《方舆胜览》云："《蜀王本纪》：老子谓关令尹喜曰：后于青羊观中相寻。因立观也"）。

　　清严可均校辑《全汉文》载《蜀王本纪》写"青羊观"为"青牛观"，年代太晚，兹不取。

推测一：青羊观为蜀汉道观

问题来了，首先，《蜀本纪》的作者是谁？《御览》和《寰宇记》皆未标明。而《华阳国志》说："司马相如、严君平、扬子云、阳成子玄、郑伯邑、尹彭城、谯常侍、任给事等各集传记，以作《本纪》。"司马相如、严遵、扬雄、阳成子玄、郑廑、尹贡、谯周、任熙等人都写过《蜀本纪》，不过除扬、谯的见人引用之外，其余各家《本纪》咸不可考。

那"今为青羊观"一节究竟出自扬雄《蜀本纪》，还是谯周《蜀本纪》呢？只需了解一点道教常识，就晓得当然是后者的可能性更大。东汉末张陵入蜀创天师道，道教之雏形始告成熟。扬雄生在西汉之世，那时成都地面上断无"青羊观"之类的道教建筑。而谯周已为三国蜀汉之臣，史学名著《三国志》的作者陈寿即出自他的门下，第一位称引"谯周《蜀本纪》"及其内文的又正是《三国志》的注家裴松之。那时，道教方兴未艾，若有一座"青羊观"屹立于蜀汉都城也并非全无可能。

推测二：青羊肆乃成都的市中市

相比青羊观而言，蜀汉之时更有可能存在的是"青羊肆"。

成都少城南部本为商业区，其后扩展至城外郫江（内江）之南，故城门名"市桥门"，桥曰"市桥"。市者，买卖之所也。因此间有二江流抱，足资运输，且原为成都交通枢纽及货物集散之地，自汉武帝采纳唐蒙、司马相如的建议开辟西南、凿道运粮之后，商业便越发繁荣，人口随之增加，因而渐向城外西南二江之间发展成为"南市"，与检江（外江）两岸之"车官城""锦官城"隔水相望。

南市区域在市桥之南，即今西较场一带，其中包括了青羊肆，一个用来交易黑羊的市中市。青者，黑也。现在青羊区的青羊正街原名"青羊肆街"，应该也是因此肆而得名。

玄中观：青羊宫真正的前身

唐代皇家重道教，认为老子就是李耳，追尊其为李氏始祖、"玄元皇帝"，以托古自高其文化血统。不啻此也，玄宗还亲自注释《道德经》，令学者习之。开元二十九年（741），又令两京（长安、洛阳）及诸道州府各置玄元皇帝庙，京师号"玄元宫"，诸州号"紫极宫"。

成都则不用建立紫极宫，因为已有现成的道观。在僖宗入蜀之前，有座"玄中观"，位于成都府青羊肆内，正殿供奉着老子塑像。僖宗步玄宗后尘到成都后，便以《蜀本纪》为据，下诏改称"玄中观"为"青羊宫"，或许也是为了避玄宗之讳吧。

杜光庭《历代崇道记》载：僖宗驻跸西蜀，于中和二年（882）八月二十九日夜，诏帝房宗室李特立与道士李无为到玄中观"混元降生旧地"设醮，祈求太平。忽见虹光如弹丸（《全唐诗》卷八七五第五一首佚名《青羊宫砖记》题下注云"忽见红光如毬"）许，渐渐明大，出于殿基东南竹林中，跳踯入西南梅树下没。于没处穿地三尺，挖得一块砖，上有花纹和篆字，镌刻莹沽，不像是人工所为。一辨认，那几个篆字刚好能凑成一句谶语："太上平中和灾"

尾声

197

（《青羊宫砖记》作"太平平中元灾"，恐误）。混元、太上指的都是老子，中和灾指的则是黄巢之乱。

九月一日，西川节度使侍中陈敬瑄奏曰："（皇帝陛下）深仁旁达于下土，至德升闻于上玄，符谶允臻，祯祥间出。降太上匡时之命，清中和寇孽之灾，乃示明文，爰形古篆。足表妖氛即殄，圣祚无疆，克知收复之期，便是清宁之日。"僖宗非常高兴，就对李特立、李无为、陈敬瑄大加封赐，并于二十一日下诏曰："太上玄元大帝与弟子文始先生讲真经于楼观之台，约后会于青羊之肆，便乘云驾，俱入流沙。仙记传闻，地图标载，自周昭至于此日，历数约二千余年，景像寂寥，基踪牢落。今因巡幸，灵贶昭彰，殊光跳跃于庭前，灵篆申明于树下。砖含古色，字验休祯，中和之灾害欲平，厚地之祯符乃现，足表玄穹降祐，圣祖垂祥，将歼大盗之兵戈，永耀中兴之事业。须传简册，兼示寰区。已付史官，备令编录，仍模勒文字，告示诸道及军前。其观可改号为'青羊宫'，仍置殿堂屋宇。侧近属观田地，约有两顷，近来散属黎氓，多植葱蒜，清虚之地，难使熏蒸。已赐钱二百贯，便令收赎，仍给公验，永归靖庐。"十月七日，敕高品郭遵泰监建青羊宫土木之工，并用内库宣赐。

自获灵瑞之后，至是月癸丑，近蜀郡寇，相次擒戮，旬月之内，遂至清平。僖宗驾幸青羊宫，颁赐有差，又下诏曰："太上垂祥，青羊应现，礼宜崇饰，用答殊休。诸道州府紫极宫，宜委长吏如法修饰，仍选有科仪道士祭醮。"青羊宫模式成了全国各地紫极宫的样板。

是月乙卯，报告收复京城，平中和灾的预言总算应验了。

中和四年（884），僖宗又敕翰林学士承旨尚书兵部侍郎、知制诰乐朋龟草写《西川青羊宫碑铭》，颁示天下，"以表皇家承神仙之苗裔，感太上之灵贶，实万代之无穷也"。碑文称："青羊肆者，按本纪则太上玄元大帝第二降生之所。……于是劫青帝之青童，化羊于蜀国，乘紫云于紫府，降瑞于王官。"化羊云云显然是文学想象，但后人相信了，南宋成都府通判何耕《青羊宫》诗自注曰："按赵阅道《成都记》载，宫乃老子乘青羊降其地，今有台存焉。"

在唐人文本的基础上，南宋道士谢守灏写出《混元圣纪》，把老子与成都的联系说得更为具体而玄乎：周昭王二十五年（前491）乙卯，老君复分身降生于蜀国李太官家。二十七年丁巳，老君会尹喜于青羊肆，将去化胡。

灵瑞、分身，恐怕全是羽客的杜撰。而靠谱的只是这样一个事实：青羊宫始建于唐代。所以，清末傅崇矩《成都通览》一则云"唐时古刹"，一则云"唐之古庙"，定性极对。

明清铜羊

为了让"青羊"落到实处，明代青羊宫内"有青铜铸成羊，其大如麇"。后来消失，有人估计是因"献贼之乱失去"，或被张献忠拿去熔毁造钱了，其实都不对。因为1672年王士祯"在蜀犹及见之"，1696年"再至则失之矣"，已"为人盗去"，故铜羊失窃的时段为1672年至1696年之间，而此时张献忠（卒于1647年）墓木已拱。

雍正元年（1723），别号信阳子的廉吏张鹏翮将一头"藏梅阁珍玩"的单角铜羊从北京购回，移于青羊宫，"以补老子遗迹"。底座上有落款为"信阳子题"的一首诗："京师市上得铜羊，移住成都古道场。出关尹喜如相识，寻到华阳乐未央。"再次照应了《蜀本纪》。

好事成双。道光九年（1829），成都张柯氏又延请云南匠师陈文炳、顾体仁铸造了一头双角铜羊，献给青羊宫。很快，此二羊成了镇观之宝。

尾声

光绪年间，四川高等学堂的日文教师山川早水曾到青羊宫寻觅那头身上有隶书"藏梅阁珍玩"五字的铜羊，结果"宫中殿堂甚多，现在藏在何处，多次寻找，但未找到"。

与山川早水的四川游记《巴蜀》同年付梓的《成都通览》说："大殿内有铜羊二，非唐物，乃前明显宦家之熏衣器也。"又说："青羊宫大殿之铜羊，头有孔穴，乃古来贵人之熏炉，年湮代远，讹以传讹，遂谓摩羊能医疾痛者。"熏衣器或熏炉都应指单角铜羊而言，或云是明代严世蕃家的，或云是南宋贾似道家的，无法定论。最有趣的要数一个与摸铜羊能医疾痛相反的事例，见于道光二十一年（1841）进士汪堃《寄蜗残赘》一书："成都府署二堂内有石狮二，制作浑朴，高三尺许。人摸其头，则头痛；摸其身，则身痛。"

民国十二年（1923），刘师亮作竹枝词曰："闻说铜羊独出奇，摸能治病祛巫医。求男更有新方法，热手摸他冷肚皮。"并自注："青羊宫以铜羊得名，妇女迷信摸羊肚求子。"祛病之外，摸铜羊居然还有求子的功效。

成都十二月市

国际会展之都

现在提出要把成都打造成"世界文创名城""世界旅游名城""世界赛事名城"和"国际美食之都""国际音乐之都""国际会展之都",共时地看,是向世界上的发达与先进学习、接轨;历时地看,其实有不少部分则是对唐宋盛世的复兴运动。比如宋代成都,"时方承平,繁盛与京师同"(宋人周密《癸辛杂识》续集上),每一个月都有不同主题的大型集市或"商品博览会"。某种程度上说,当时的成都就已经算是会展之都了。

关于"成都十二月市"的名目,知府赵抃在《成都古今集记》一书中记载道:"正月灯市,二月花市,三月蚕市,四月锦市,五月扇市,六月香市,七月七宝市,八月桂市,九月药市,十月酒市,十一月梅市,十二月桃符市。"如此这般,说是说了,但语焉不详。要想尽可能拼接、复原更

尾声

多的细节，只能到宋词、宋诗和更多的宋文中去搜寻、去打捞。

宋代成都的街道

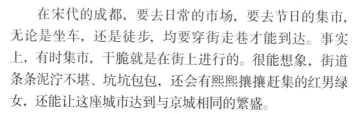

在宋代的成都，要去日常的市场，要去节日的集市，无论是坐车，还是徒步，均要穿街走巷才能到达。事实上，有时集市，干脆就是在街上进行的。很能想象，街道条条泥泞不堪、坑坑包包，还会有熙熙攘攘赶集的红男绿女，还能让这座城市达到与京城相同的繁盛。

"走遍人间行路难，异乡风物杂悲欢。"赴任广西途中，范成大在日记中写道：江西"道上淖泥之浆如油……舆夫行泥中，……跬步艰棘，不胜其劳"，湖南"道径粗恶……坳处又泥淖，虽好晴旬余，犹未干，跬步防踬，吏率呻吟相闻"。此类为悲。在《蚤晴发广安军晚宿萍池村庄》一诗内，他形容道："泥干马蹄松，路坦亭堠速。"此类为欢。反之，一旦逢雨泥湿，当然就蹄重行缓了。历时五月之久，"方入成都府"，行路之难也可想而知。

兴许正因为饱受过泥路之苦，范成大治蜀伊始，便着手修整了成都的街衢。先前，秘阁修撰张根之子张焘镇蜀，在绍兴十三年（1143）曾为成都铺过砖石路面，但仅有二千余丈的长度，并不能从根本上解决问题。于是，在此基础之上，范成大"鸠工命徒，分职授任。程督有方，尺寸有度。费出于官，而不以及民。日廪以食，而人竞力作，未几告成。以丈计者三千三百有六十，用甓二百余万，为钱二千万赢。率一街之首尾立两石以识广狭，凡十有四街。然后所至侧布如江浙间，雨不乘檋，骑不旋泞，徐行疾驱，俱从坦夷。父老相与喟曰：'周道如砥，其尚见于斯乎！'"周王朝曾在国都镐京和东都洛邑之间修建了一条特别宽广

三星堆

神话诞生之地

平坦的大道，号称"周道"。成都百姓借《诗经》"周道如砥"一语来形容、赞美范成大修砌的十四条新街，可见群情之高、人心所向。

对于这些新街，范成大也颇为自得，其《三月二日北门马上》一诗云："新街如拭过鸣驺，芍药醲醲竞满头。十里珠帘都卷上，少城风物似扬州。"这十四条具体街名大多已不可考，现在只知道其中有著名的石笋街。范诗《丙申元日安福寺礼塔》云："石笋新街好行乐，与民同处且逢场。"今蜀语仍有"逢场"一词，乃赶集之意。

2007年，成都市锦江区江南馆街北侧发现了一处唐至宋代的街坊遗址，其间纵横交错长达数十余米的铺砖街道在中国城市考古史上十分罕见。该路面使用特制的细长条形砖竖砌而成，有"人字形"与"回字形"两种砌法。路面中间略高于两侧，路面有明显的车轮碾压痕和使用损坏后的修补痕迹。这未必就是范成大当年所砌者，但应该也相差无几。

十二月市一览

街道整治一新，各种集市依时轮番上演，"成都"一时成了宋代各路文化报道中的高频词。

在隋唐的基础上，宋代商品经济有了相当程度的飞跃发展，首都和地方州县的治所都形成了专供物资交流的集市，更出现了主营某一种商品的某某市。它们如期举行，不仅丰富了民众的菜篮子，而且也充实了文人的语料库。北宋东京有竹竿市，南宋临安有药市、米市、肉市、菜市、花市、珠子市和鲜鱼市。绍兴府有九市，其中包括梅市和龙兴寺前市，与此相似，成都集市有的也在寺前举办。

相比而言，成都的主题集市是最多的，也是最全

尾声

203

面的。

1. 正月灯市

宋代成都正月期间有"灯市"，应该是又能买卖花灯，又能逛街观灯。反正有钱没钱，都能大饱眼福。

"宋开宝二年，命明年上元放灯三夜，自是岁以为常。十四、十五、十六三日皆早宴大慈寺，晚宴五门楼，甲夜观山棚变灯。其敛散之迟速，惟太守意也。如繁杂绮罗、街道灯火之盛，以昭觉寺为最。"从北宋太祖开宝三年（970）的正月十四起，成都官员与各界名流早晚宴集，具体位置在大慈寺和五门楼，初更时分（即甲夜，相当于19点至21点）就地放灯。何时开宴，何时收灯，则全由成都知府一人说了算，他高兴就开早一点、收晚一点，否则就晚开早收。届时，结彩的山棚上不断变幻着灯色灯形，昭觉寺一带的灯山人海尤为喜庆闹热。

成都知府田况《成都遨乐诗》之《上元灯夕》一首将正月灯市写得那叫一个有声有色：

予尝观四方，无不乐嬉游。

惟兹全蜀区，民物繁它州。

春宵宝灯燃，锦里烟香浮。

连城悉奔骛，千里穷边陬。

袨裶合绣袂，辒辌驰香辀。

人声震雷远，火树华星稠。

鼓吹匝地喧，月光斜汉流。

欢多无永漏，坐久凭高楼。

民心感上恩，释呗歌神猷。

齐音祝东北，帝寿长嵩丘。

在大慈寺、昭觉寺观灯，自然能听见释呗。五门楼的灯，陆游《丁酉上元》一诗做了描写：

鼓吹连天沸五门，灯山万炬动黄昏。

美人与月正同色，客子折梅空断魂。

灯山即指甲夜观山棚变灯，山棚是为庆祝节日而搭建的彩棚，其状如山高耸。

2.二月花市

宋时，成都的花可谓是蜚声远近，而最多最好最著名的花卉当数海棠。宋祁曾经盛赞："蜀之海棠，诚为天下奇艳。"范成大甚至说："只为海棠，也合来西蜀。"陆游对成都海棠更是爱得发了狂，其《成都行》诗云："成都海棠十万株，繁华盛丽天下无。"这毫不夸张，且与官方叙事的口径高度一致，如《太平寰宇记》即载："成都海棠树尤多繁艳。"可见成都花事果真是名不虚传，而"花市"之在成都能成为岁以为常的集市也就不足为奇了。

许是太正常不过了，宋代文献对二月花市鲜见正面的记述，倒是北宋经济学家、知益州薛田在《成都书事百韵诗》中有所涉及："柳堤夜月珠帘卷，花市春风绣幕褰。"夜月一词让人想起随唐僖宗流亡到成都的萧遘所谓"月晓已开花市合"，如其他集市一样，花市也是至暮方散的。

花市具体的开市时间可能在"花朝"，也就是二月十二或十五的百花生日那天。而《成都通览》记清代二月十五日成都人要"赶青羊宫花会"，兴许宋代花市也在十五日举行的可能性更大一些。

3.三月蚕市

"蜀中每春三月为蚕市，至时货易毕集，阛阓填委，蜀人称其繁盛。"用宋诗来表达，就是："齐民聚百货，贸鬻贵及时。乘此耕桑前，以助农绩资。物品何其夥，碎琐皆不遗。"三月蚕市的具体日期和地点，说法不一，详见本书《成都，古蚕丛氏之国》一篇。

苏东坡兄弟二人有关于"蚕市"的唱和，值得关注。苏辙《记岁首乡俗寄子瞻二首》其二《蚕市》云：

枯桑舒牙叶渐青，新蚕可浴日晴明。

前年器用随手败，今冬衣着及春营。

倾囷计口卖余粟，买箔还家待种生。

不惟箱箧供妇女，亦有锄镈资男耕。

空巷无人斗容冶，六亲相见争邀迎。

酒肴劝属坊市满，鼓笛繁乱倡优狞。

蚕丛在时已如此，古人虽没谁敢更。

异方不见古风俗，但向陌上闻吹笙。

苏轼《和子由蚕市》云：

蜀人衣食常苦艰，蜀人游乐不知还。

千人耕种万人食，一年辛苦一春闲。

闲时尚以蚕为市，共忘辛苦逐欣欢。

去年霜降斫秋获，今年箔积如连山。

破瓢为轮土为釜，争买不啻金与纨。

忆昔与子皆童卯，年年废书走市观。

市人争夸斗巧智，野人喑哑遭欺谩。

诗来使我感旧事，不悲去国悲流年。

苏轼的挚友仲殊也写过"蚕市"，其《忆江南》词云：

成都好，蚕市趁遨游。

夜放笙歌喧紫陌，春遨灯火上高楼。

车马溢瀛洲。

人散后，茧馆喜绸缪。

柳叶已饶烟黛细，桑条何似玉纤柔。

立马看风流。

4. 四月锦市

"锦里，蚕市，满街珠翠，千万红妆。玉蝉金雀，宝髻花簇鸣珰，绣衣长。"有蚕才有锦，蚕市旺，才有锦绣长。在蚕市上买了蚕器回去，织锦濯锦，又拿到锦市上交易，忙来忙去，自身却没穿上一尺半匹，正如南宋词人汪元量《蚕市》一诗所说："成都美女白如霜，结伴携筐去采桑。一岁蚕苗凡七出，寸丝那得做衣裳。"虽然宋时"蜀中富饶，罗纨锦绮等物甲天下""锦机玉工不知数"，但织锦女的命运依旧可悲如此。

宋词、宋诗对"蚕市"都有大量的抒写，却只字不提"锦市"。宋文除了《成都古今集记》，也没有关于"锦市"更多的记录。

5. 五月扇市

"蜀民每岁五月，于大慈寺前街中卖扇，名扇市。"这虽是清嘉庆《华阳县志》的记载，想来宋时也差不多是这样。农历五月，已入仲夏，扇子成为纳凉必需品，于是扇市应时而兴。扇市之中，"蜀扇"或"川扇"应为主打商品。"聚骨扇，自吴制之外，惟川扇称佳，其精雅则宜士人，其华灿则宜艳女。"

6. 六月香市

成都六月有香市，"乃商人交易香处"。宋时成都寺庙宫观众多，进香量极大，没有香市的集中供应，显然是不敷使用的。

7. 七月七宝市

七宝，泛指百货。《方舆胜览》云："五月，鬻香药于观街者号药市，鬻器用者号七宝市。"如果此条记载无误，那么七宝市应在每年五月成都的观街。

明代又有一说，称"冬月鬻器用者号七宝市"，"在大慈寺前"。不知宋时是否如此。

8. 八月桂市

季节轮换，一入八月，成都城中便有桂香拂袂，而桂花用途广泛，此时举办桂市，也就顺理成章了。

新都桂树尤多，"每秋花开，几百余担，各城镇之营茶叶及糖点业者均来此莅购"，这虽是清代的情形，但宋代成都的桂市恐怕也是针对相似需要大量采购桂花的行业而兴起的吧。

9. 九月药市

在十二市中，宋代成都的药市最为出名。诚如《宋史·地理志》所谓：成都"民勤耕作，无寸土之旷，岁三四收。其所获多为遨游之费，踏青、药市之集尤盛，动至连月"。

杨亿（974—1020）《杨文公谈苑》记载："益州有药

尾声

市，期以七月七日，四远皆集，其药物多品甚众，凡三日而罢，好事者多市取之。淳化中，有右正言崔迈，任峡路转运。迈苦多病，素有柏枕，方令赉万钱，遍市药百余品，各少取置柏枕中，周环钻穴，以彻其气。卧数月，得癫病，眉须尽落，投江水死。说者以为药力熏发骨节间疾气。"遍市药百余品，可见成都药市上的药物是相当齐全的。宋祁游药市，看见"芍与大黄如积，香溢于廛"；张世南游药市，甚至见到了"来自黎、雅诸蕃及西和、宕昌"的"犀"。另外，还有一千钱一粒的成药"解毒丸"。蔡绦《铁围山丛谈》记录了此药独特的销售情况："而成都故事，岁以天中、重阳时开大慈寺，多聚人物，出百货其间，号名药市者。于是有于窗隙间呼'货药'一声，人识其意，亟投以千钱，乃从窗隙间度药一粒，号'解毒丸'，故一粒可救一人命。"天中即端午，看来五月不但有扇市，也有药市。

宋祁有一首诗《九日药市作》，把药市的盛况和成都的气候都交代得很清楚：

> 阳九协嘉辰，斯人始多暇。
> 五药会广廛，游肩闹相驾。
> 灵品罗贾区，仙芬冒阛舍。
> 撷露来山阿，斸烟去岩罅。
> 载道杂提携，盈簷更荐藉。
> 乘时物无贱，投乏利能射。
> 饕苓互作主，参荠交相假。
> 曹植谨赝令，韩康无二价。
> 西南岁多疠，卑湿连春夏。
> 佳剂止刀圭，千金厚相谢。
> 刺史主求瘼，万室击吾化。
> 顾赖药石功，扪襟重惭嗟。

陆游《老学庵笔记》认为："成都药市以玉局化为最盛，用九月九日。《杨文公谈苑》云七月七日，误也。"《杨文公谈苑》云凡三日而罢市，庄绰（约1079—？）《鸡肋编》

也有不同的说法："至重九药市，于谯门外至玉局化、五门设肆以货百药，犀、麝之类皆堆积，府尹、监司皆武行以阅。又于五门之下设大尊，容数十斛，置杯杓，凡名道人者皆恣饮。如是者五日。"玉局化即玉局观，又称"玉局祠"。京镗《雨中花·重阳》词云：

> 玉局祠前，铜壶阁畔，锦城药市争奇。
> 正紫荚缀席，黄菊浮卮。
> 巷陌联镳并辔，楼台吹竹弹丝。
> 登高望远，一年好景，九日佳期。
> 自怜行客，犹对佳宾，留连岂是贪痴。
> 谁会得、心驰北阙，兴寄东篱。
> 惜别未催鹢首，追欢且醉蛾眉。
> 明年此会，他乡今日，总是相思。

乾道九年（1173），陆游初自南郑来成都时所作《汉宫春》词云：

> 羽箭雕弓，忆呼鹰古垒，截虎平川。
> 吹笳暮归野帐，雪压青毡。
> 淋漓醉墨，看龙蛇、飞落蛮笺。
> 人误许、诗情将略，一时才气超然。
> 何事又作南来，看重阳药市，元夕灯山。
> 花时万人乐处，敧帽垂鞭。
> 闻歌感旧，尚时时、流涕尊前。
> 君记取、封侯事在，功名不信由天。

在陆游的心目中，重阳药市和元夕灯山一样，都是成都一时的盛会，也是最有城市个性的名片式活动。

苏轼作于熙宁九年（1076）秋的一首祝捷词《河满子·密州寄益守冯当世》则提到，成都知府除了参加浣花溪游赏之外，也会便服私访药市。

当时，知成都府冯当世平定了茂州少数民族的叛乱，苏轼闻讯后，写此篇寄赠。在东坡三百多首词中，写时事、大事的仅此一首。在传统婉约词中也极罕见。

尾声

见说岷峨凄怆，旋闻江汉澄清。

但觉秋来归梦好，西南自有长城。

东府三人最少，西山八国初平。

莫负花溪纵赏，何妨药市微行。

试问当垆人在否，空教是处闻名。

唱著子渊新曲，应须分外含情。

此词将重阳药市跟成都最热闹的全民节日花溪纵赏相提，与薛田诗句"药市风光虫豸外，花潭遨乐鹍鸣前"完全相同，与放翁词并论药市和元夕则有异曲同工之妙。在宋代的成都，药市已不仅仅是个大集市，而且成了全民游赏的大聚会："诘旦，尽一川所出药草、异物与道人毕集，帅守置酒行市以乐之，别设酒以犒道人。是日早，土人尽入市中，相传以为吸药气愈疾，令人康宁。"知府置酒行市以乐之，已经不是微行，而是公开的活动了。

如果天不作美，市上的人也不会不高兴，因为他们相信："是日雨，云有仙人在其中。"所以，仲殊词云：

成都好，药市晏游闲。

步出五门鸣剑佩，别登三岛看神仙。

缥缈结灵烟。

云影里，歌吹暖霜天。

何用菊花浮玉醴，愿求朱草化金丹。

一粒定长年。

10. 十月酒市

成都自古产酒，品牌多，数量大，有专门的酒市并不稀奇。陆游《楼上醉书》诗云：

丈夫不虚生世间，本意灭虏收河山。

岂知蹭蹬不称意，八年梁益凋朱颜。

三更抚枕忽大叫，梦中夺得松亭关。

中原机会嗟屡失，明日茵席留余潸。

益州官楼酒如海，我来解旗论日买。

酒酣博簺为欢娱，信手枭卢喝成采。

牛背烂烂电目光，狂杀自谓元非狂。

故都九庙臣敢忘，祖宗神灵在帝旁。

益州官楼酒如海，并不是吹牛。据统计，宋高宗末年，全国酒课岁入 1400 万缗，四川酒课为 410 万至 690 万余缗，占全国酒课收入的 29% 至 49%。

11.十一月梅市

现在成都有为期一个月的"梅花文化节"，街上时不时还有人售卖带枝的蜡梅，成都人自古爱梅，所以有梅市应运而生。在成都待久了，也会染上梅癖，比如有着八年梁益生涯的陆游：

当年走马锦城西，

曾为梅花醉似泥。

二十里中香不断，

青羊宫到浣花溪。

12.十二月桃符市

《全唐诗》里收了一首《孟蜀桃符诗》，只有两句："新年纳余庆，嘉节号长春。"成都博物馆的展板上说："此联为历史上第一副春联，相传为后蜀皇帝孟昶作于公元 964 年除夕。"这个传闻不够确切。阮阅《增修诗话总龟》卷三十一引《谈苑》载：成都人幸寅逊，"仕伪蜀孟昶为学士。王师将致讨之前，岁除，昶令学士作诗两句写桃符上，寅逊题曰：'新年纳余庆，嘉节号长春。'"第二年即 965 年，后蜀亡国。幸寅逊降宋，为宋太祖所赏识。《谈苑》作者杨亿（974—1020）的生活年代去后蜀时不远，其记载应当可信，幸寅逊才是这副春联的原创作者。

成都既有此桃符韵事，兴起桃符市也就不足为奇了。岁暮年近，大家到桃符市上买春联，回家一贴，就可以准备守岁、过除夕了。《成都通览》记清代成都十二月三十日有"贴春联"之俗，应该也由来已久了。

尾声

跋

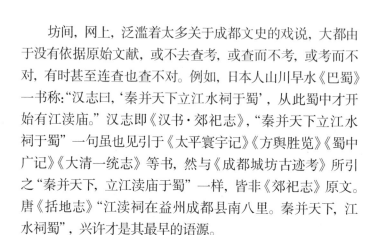

坊间，网上，泛滥着太多关于成都文史的戏说，大都由于没有依据原始文献，或不去查考，或查而不考，或考而不对，有时甚至连查也查不对。例如，日本人山川早水《巴蜀》一书称："汉志曰，'秦并天下立江水祠于蜀'，从此蜀中才开始有江渎庙。"汉志即《汉书·郊祀志》，"秦并天下立江水祠于蜀"一句虽也见引于《太平寰宇记》《方舆胜览》《蜀中广记》《大清一统志》等书，然与《成都城坊古迹考》所引之"秦并天下，立江渎庙于蜀"一样，皆非《郊祀志》原文。唐《括地志》"江渎祠在益州成都县南八里。秦并天下，江水祠蜀"，兴许才是其最早的语源。

诗人杜均评论拙著《古书中的成都》时说："古书是源头，是由头，是话头，它表明作者的说辞，皆有所本。"其实，书名中还含着一层感慨：成都的名胜古迹大多以无实之虚名留了下来，其庐山真面只局部保存在古书之内，尤其是那些本可保留却终究毁于人为的遗迹遗物，最令人唏嘘。本书仍旧如此，绝大多数援引的均为原始文献。

不过，有时也会出于方便，偶尔用一用转引资料。譬若《成都，古蚕丛氏之国》一篇、《华阳国志校注》引《邛

三星堆 神话诞生之地

峡县志》一句，翻检民国十一年铅印本《邛崃县志》，并无"当即沿蚕丛之象"云云，"神象"则写作"神像"。明知有误而照引不改（本书《三星堆与蜀人"永远的神"》一篇引用了《邛崃县志》的原文，以资对照），存疑之外，亦为了照顾语感、俭省表达，而故意为之。当然，更多的征引是经得起核校的。

比起《古书中的成都》，本书明显多了一些学术性比较强的篇章。比如《"都江堰"之前的都江堰》一文，疏通了李冰以及都江堰的基本文献，提出了不少新颖的观点。原载于《地方文化研究辑刊》第十二辑（四川大学出版社2017年版），今次收入，做了大幅度的修订；有意征引者，请以此为准。又如《"弋射收获画像砖"详解》一文，评议了前辈学者的得失，做出了逻辑自洽的新解，原载2018年10月22日《成都晚报》，题为《弋雁复获稻 天府农家岁暮真堪乐——东汉"弋射收获画像砖"新解》，这回收入，恢复原题，并补记若干条，算是对沈从文先生提倡的"名物新证"的一次学术实践吧。

然则，本书的多数文章依然是为普及成都古史而作。从这种角度上，完全可视作《古书中的成都》的姊妹篇，只是时间跨度缩小了一些：大致以李冰守蜀为界（"因其治蜀治水，益州始为天府"），剖为上下两编；论述时代以古蜀至两汉为主，而借《青羊宫的前世今生》《成都十二月市》殿后，可助读者略窥天府成都的唐宋风貌之一斑，顺便知道其来有自。

成都历史犹如岷山，千年不绝，相关文献犹如汶水滔滔，挖掘不尽，这样有难度、有价值的普及工作还需要更多的人来参与、来继续。希望这本戋戋小册是一个崭新的开端，"勉为瓦砖投，幸有金珠报"。

图书在版编目（CIP）数据

三星堆：神话诞生之地 / 林赶秋著 . -- 成都 : 成
都时代出版社 , 2023.3（2024.2 重印）

ISBN 978-7-5464-3180-2

Ⅰ . ①三… Ⅱ . ①林… Ⅲ . ①散文集－中国－当代
Ⅳ . ① I267

中国版本图书馆 CIP 数据核字（2022）第 234242 号

三星堆·神话诞生之地

SANXINGDUI SHENHUA DANSHENG ZHI DI

林赶秋　著

出 品 人　达　海
责任编辑　李　佳
责任校对　张　巧
责任印制　黄　鑫　陈淑雨
封面设计　成都九天众和
装帧设计　成都九天众和

出版发行　成都时代出版社
电　　话　（028）86742352（编辑部）
　　　　　（028）86615250（发行部）
印　　刷　成都博瑞印务有限公司
规　　格　168mm×230mm
印　　张　13.75
字　　数　174 千
版　　次　2023 年 3 月第 1 版
印　　次　2024 年 2 月第 2 次印刷
书　　号　ISBN 978-7-5464-3180-2
定　　价　58.00 元